COLLECTION TEL

Georges Poulet

L'espace proustien

Gallimard

Cet ouvrage a initialement paru
dans la « collection Blanche » en 1963.

A Georges Cattaui.

AVANT-PROPOS

« *Nous juxtaposons, dit Bergson, nos états de conscience de manière à les apercevoir simultanément ; non plus l'un dans l'autre mais l'un à côté de l'autre ; bref, nous projetons le temps dans l'espace.* »

Critique la plus grave que le bergsonisme adresse à l'intelligence. Celle-ci aurait tendance à anéantir la continuité réelle de notre être en lui substituant une sorte d'espace mental où les moments s'aligneraient sans jamais s'entrepénétrer. D'où, pour Bergson, la nécessité de détruire cet « *espace* », *de revenir par l'intuition à la pure durée, au murmure modulé par lequel l'existence révèle sa nature inépuisablement changeante à l'esprit. Il est singulier que celui dont on a si souvent voulu faire un disciple de Bergson, ait pris, probablement sans le savoir, une position diamétralement contraire. Si la pensée de Bergson dénonce et rejette la métamorphose du temps en espace, Proust non seulement s'en accommode mais s'y installe, la pousse à l'extrême et en fait finalement un des principes de son art. Voici ce que voudrait montrer le petit essai qui va suivre. A la mauvaise juxtaposition, à l'espace intellectuel, condamné par Bergson, s'oppose une bonne juxtaposition, un espace esthétique, où, en s'ordonnant, les moments et les lieux forment l'œuvre d'art, ensemble remémorable et admirable.*

I

Dans les termes mêmes du titre qu'il porte, l'on sait que le roman proustien est très exactement une « *recherche* du temps perdu ». Un être se met en quête de son passé, s'efforce de retrouver son ancienne existence. Or, c'est dès le premier moment du récit que cette recherche commence. On y voit le héros, réveillé en pleine nuit, se demander à quelle époque de sa vie se rattache ce moment où il reprend conscience. Moment totalement dépourvu de rapport avec le reste de la durée ; moment suspendu en lui-même et profondément angoissé, parce que celui qui le vit, ne sait littéralement *quand* il vit. Perdu dans le temps, il est réduit à une vie toute momentanée.

Mais l'ignorance de ce dormeur réveillé

est plus grave encore qu'il ne semble. S'il ne sait pas *quand* il vit, il ne sait pas non plus *où* il vit. Son ignorance n'est pas moindre quant à sa position dans l'espace que quant à sa situation dans la durée : « Et quand je m'éveillais au milieu de la nuit, comme *j'ignorais où je me trouvais*, je ne savais même pas au premier instant qui j'étais [1]. »

La première question qui monte aux lèvres de l'être proustien n'est donc pas différente de celle que se posent à tout bout de champ tant de personnages de Marivaux, tombés, comme ils l'avouent volontiers eux-mêmes, de la lune, et se demandant dans quel lieu et dans quel moment ils se trouvent : « Je m'y perds, disent-ils, la tête me tourne, où en suis-je ? » Ces êtres étourdis et charmants ne savent pas où ils sont, où ils en sont, parce que, dans leur distraction ou leur passion, ils ont perdu le contact avec le monde qui était le leur. Ou plutôt — car nous sommes ici sur le plan tragique, et dans un mode de vie qui ne ressemble guère à l'insouciance marivaudienne —

l'ignorance du personnage proustien est plus précisément comparable à l'état d'esprit de cet être que Pascal imagine transporté, pendant qu'il dormait, dans une île déserte, et s'y éveillant au matin dans la terreur, « sans connaître où il est, et sans moyen d'en sortir ».

L'être qui s'éveille, et qui, en s'éveillant, reprend conscience de son existence, reprend donc conscience d'un laps de vie singulièrement et tragiquement contracté. Qui est-il ? Il ne le sait plus, et il ne le sait plus, parce qu'il a perdu le moyen de relier le lieu et le moment où il vit, à tous les autres lieux et moments de son existence antérieure. Sa pensée trébuche entre les temps, entre les lieux. Le moment où il respire est-il contigu à un moment de son enfance, de son adolescence, de son âge adulte ? Le lieu où il est, quel est-il ? Est-ce sa chambre à coucher de Combray, de Paris, ou l'une de ces chambres d'hôtel, plus rébarbatives que toutes, parce qu'étant sans rapport d'accoutumance et de sympathie avec l'être qui les occupe, elles ne sont pas de vrais lieux, elles ne tiennent à rien, elles sont, pour ainsi dire, n'importe où dans l'espace ? D'autre part, pour qui s'éveille dans le noir, comment être sûr de la façon dont les lieux se disposent ? « Pendant un instant, écrit Proust dans la préface du *Contre Sainte-Beuve*, je fus comme ces dormeurs qui en s'éveillant dans la nuit ne savent pas où ils sont, essaient d'orienter leurs corps pour prendre conscience du lieu où ils se trouvent, ne sachant dans quel lit, dans quelle maison, dans quel lieu de la terre, dans quelle année de leur vie ils se trouvent[2]. » Ainsi, à tâtons, l'esprit cherche à se situer. Mais il a « perdu le plan du lieu où il se trouve[3] ». Au hasard, à l'aveuglette, il place ici la fenêtre, là en face la porte ; jusqu'au moment où vient un rais de lumière, qui, éclairant la chambre, contraint la fenêtre à quitter sa place et à être remplacée par la porte. De la sorte, presque au petit bonheur, l'ordre des lieux bascule et se refait de fond en comble. Ou bien encore, dans un autre épisode, voici qu'à l'endroit même où s'élevait le mur de sa chambre, le héros, alors enfant, voit apparaître un autre espace, une lande, où un cavalier se déplace. Mais le premier espace n'est pas aboli, le corps du cavalier coïncide avec le bouton de la porte. Deux espaces peuvent donc se superposer et l'un se surimposer à l'autre, tel « un vitrail vacillant et momentané [4] ». Or, ce vacillement, ce vertige, combien de fois ne le voit-on pas affecter le personnage proustien ! Cela lui arrive même quand il est éveillé et qu'un événement inattendu le trouble. Par exemple, quand, au bas d'une invitation, Marcel lit la signature inespérée de Gilberte, il n'en croit pas ses yeux, il ne sait plus où il se trouve : « Avec une vitesse vertigineuse, cette signature sans vraisemblance jouait aux quatre coins avec mon lit, ma cheminée, mon mur. *Je voyais tout vaciller* comme quelqu'un qui tombe de cheval [5]. »

Vacillation du mur où l'enfant voit chevaucher Golo, vacillation de la pièce où l'adolescent reçoit la première marque d'intérêt de l'aimée, vacillation enfin de la chambre où l'adulte angoissé se réveille dans le noir, voilà trois exemples d'un tournoiement à la fois intérieur et extérieur, psychique et spatial, qui, à trois époques distinctes de son existence, affecte en même temps l'esprit du héros et les lieux mêmes où il se trouve à ces moments-là. Mais ces moments de vertige ne sont pas les seuls. L'on se souvient du singulier épisode des trois arbres sur la route d'Hudimesnil. Etranges et familiers, jamais vus et pourtant semblables à quelque image du passé que l'esprit ne peut ressaisir, l'expérience paramnésique qu'ils provoquent interdit à la pensée de les « reconnaître dans le lieu dont ils étaient comme détachés », aussi bien d'ailleurs que de les situer dans un autre ; de sorte, ajoute Proust, « que mon esprit ayant *trébuché* entre quelque année lointaine et le moment présent, *les environs de Balbec vacillèrent*... [6] »

Ce qui vacille ici, ce n'est pas seulement le temps, ce sont les lieux, c'est l'espace. Un lieu s'efforce de se substituer à un autre lieu, de prendre sa place. Or il en va de même dans un épisode plus mémorable encore. A la fin du *Temps retrouvé*, chez le prince de Guermantes, le héros s'essuie les lèvres avec une serviette fortement amidonnée. Aussitôt, dit-il, c'est la salle à manger de Balbec qui « cherche à ébranler la solidité de l'Hôtel de Guermantes », et qui, observe-t-il encore, « fait *vaciller* un instant les canapés autour de moi...[7] » En un mot, juste comme la chambre à coucher de Combray et le paysage où chevauchait Golo, Balbec et l'Hôtel de Guermantes sont des lieux vacillants et substituables. Tels le mur et la lande, ils se disputent le même espace. L'un est de trop et usurpe la place de l'autre. Le phénomène du souvenir proustien n'a donc pas seulement pour effet de faire chanceler l'esprit entre deux époques distinctes ; il le force à choisir entre des lieux mutuellement incompatibles. La résurrection du passé, dit Proust en substance, force notre esprit à « *trébucher* » entre les lieux lointains et les lieux présents « dans l'étourdissement d'une incertitude pareille à celle qu'on éprouve parfois devant une vision ineffable, au moment de s'endormir [8] ».

Au moment de s'endormir, au moment inverse et correspondant du réveil, dans l'espèce de clair-obscur où la conscience est moins armée pour résister aux phénomènes qui la troublent, il arrive donc parfois au personnage proustien de voir l'espace se scinder, se dédoubler, perdre sa simplicité et son immobilité apparentes. Et il se peut que cette expérience ait pour effet chez celui qui l'éprouve, un vertigineux bonheur. Mais la plupart du temps, la découverte du caractère instable des lieux lui inspire, bien au contraire, un sentiment d'appréhension et même d'horreur : « Peut-être l'immobilité des choses autour de nous, écrit Proust, leur est-elle imposée par notre certitude que ce sont elles et non pas d'autres, par l'immobilité de notre pensée en face d'elles. Toujours est-il que quand je me réveillais ainsi, mon esprit *s'agitant pour chercher, sans y réussir, à savoir où j'étais*, tout tournait autour de moi dans l'obscurité, les choses, les pays, les années [9]. »

« Cherchant à savoir où j'étais... » On voit donc clairement que, dès le premier moment — on pourrait presque dire aussi : dès le premier *lieu* — du récit, l'œuvre proustienne s'affirme comme une recherche non seulement du temps, mais de l'espace perdus. Perdus l'un comme l'autre, au même titre, perdus, au sens où l'on dit qu'on a perdu son chemin, qu'on recherche sa route. Mais perdus aussi, au sens où l'on dit qu'on a perdu ses bagages, perdu les grains d'un collier qui s'est défait. Comment relier l'endroit où l'on est, le moment où l'on vit, à tous les autres moments et endroits éparpillés en quelque sorte tout le long de l'étendue ? On dirait que l'espace est une sorte de milieu indéterminable, où errent les lieux, de la même façon que dans l'espace cosmique errent les planètes. Toutefois le mouvement de celles-ci est calculable. Mais comment calculer le mouvement des lieux en errance ? L'espace ne les encadre pas ; il ne leur assigne pas une position inchangeable. Comme il arrive parfois aux images de notre pensée, rien ne s'oppose, dit Proust, à ce qu'un morceau de paysage amené jusqu'à aujourd'hui « se détache si isolé de tout, qu'il flotte incertain dans ma pensée comme une Délos fleurie, sans que je puisse dire de quel pays, de quel temps — peut-être tout simplement de quel rêve — il vient[10] ».

Délice de voir se déplacer dans notre esprit, comme un beau navire sans port d'attache, l'image d'un lieu dont on ne peut déterminer la provenance. Mais le plus souvent, angoisse — angoisse de voir la mobilité des lieux accélérer encore la mobilité déjà si effrayante en elle-même, de notre être. Car comment ne pas perdre de sa foi en la vie, quand on s'aperçoit que la seule fixité qu'on y croyait trouver — fixité des lieux, fixité des objets qui y sont situés — est illusoire ? La mobilité des lieux nous enlève notre dernier recours. Elle nous désancre. A quoi pouvoir se raccrocher, si, comme les temps et comme les êtres, les lieux aussi sont emportés dans cette course qui ne mène qu'à la mort ?

Enfin la mobilité des lieux a pour conséquence l'isolement respectif de ces lieux les uns par rapport aux autres. Si les lieux se déplacent, à moins que ce ne soit à la même allure et dans la même direction, (mais hélas ! nous savons, au contraire, que leurs courses sont essentiellement aberrantes !), il faut bien que changent aussi les relations apparemment constantes qui les rattachaient à d'autres lieux et qui faisaient de l'espace un réseau de rapports stables et mesurés. La distance de Paris à Balbec varie ; celle de Balbec à la Raspelière aussi. Bref, l'absence ou le renforcement d'habitudes, l'attention ou la distraction, la crainte ou la confiance, ou tout simplement la substitution d'un mode de locomotion à un autre, tantôt allongent et tantôt raccourcissent les chemins que nous parcourons. Mais parfois aussi, chose plus grave, il n'y a plus de chemin, le lieu où l'on est ne conduit plus à d'autres lieux, il est comme une île : interrompu de tous côtés, incapable de prolonger le réseau de ses communications disparues. Lieu coupé du reste du monde, qui subsiste en lui-même et de lui-même, telle une citadelle assiégée, lieu situé dans l'absence, la négation ou l'inaccessibilité des autres lieux, lieu qui alors semble absolument *perdu* dans la solitude de l'espace :

> *N'ayant plus d'univers, plus de chambre, plus de corps que menacé par les ennemis qui m'entouraient, qu'envahi jusque dans les os par la fièvre, j'étais seul, j'avais envie de mourir* [11].

L'être privé de lieu est sans univers, sans foyer, sans feu ni lieu. Il n'est, pour ainsi dire, nulle part ; ou plutôt il est n'importe où, sorte d'épave flottant au creux de l'étendue. Aussi quelle joie, quel soulagement n'est-ce pas pour lui, quand, tout à coup, le vertige cesse, les murs s'arrêtent de tournoyer, les images de flotter, et que les lieux reprennent leur fixité habituelle ! Deux fois, dans le roman de Proust, apparaît un épisode dans lequel l'auteur a exactement transposé dans le domaine de l'espace, cette victoire sur les forces destructives du temps, que précisément dans son essence le roman constitue. C'est d'abord le récit d'une promenade familiale à Combray, où chacun, sauf le père, a perdu le sens de l'orientation, en sorte que, comme le dormeur réveillé, l'on ne sait où l'on se trouve. Mais alors, juste au moment où l'angoisse pourrait naître, et où la question anxieuse de l'égaré : Où suis-je ? est prête à monter aux lèvres, l'auteur par l'intermédiaire du père, veut bien cette fois y donner une réponse rassurante :

Tout à coup mon père nous arrêtait et demandait à ma mère : « Où sommes-nous ? » Epuisée par la marche mais fière de lui, elle lui avouait tendrement qu'elle n'en savait absolument rien. Il haussait les épaules et riait. Alors, comme s'il l'avait sortie de la poche de son veston avec sa clef, il nous montrait debout devant nous la petite porte de derrière de notre jardin qui était venue avec le coin de la rue du Saint-Esprit nous attendre au bout de ces chemins inconnus [12].

Si les lieux familiers peuvent donc parfois nous abandonner, ils peuvent aussi revenir à notre rencontre, et, à notre grand soulagement, réoccuper leur emplacement primitif. On le voit, les lieux se comportent exactement comme les moments du passé, comme les souvenirs. Ils s'en vont ; ils reviennent. Et de la même façon qu'à de certaines époques de notre existence, soudain, sans cause, sans effort volontaire de notre part, nous retrouvons le temps perdu, ainsi, de la même façon apparemment fortuite, grâce à l'intervention de quelque providence, l'être égaré que nous étions dans l'espace, se retrouve chez lui, et retrouve du même coup le lieu perdu.

Aussi devons-nous accorder une attention particulière au second épisode du même genre, que, selon sa méthode, Proust a placé beaucoup plus loin dans son livre, pour être un rappel et un approfondissement de celui qui vient d'être cité.

Au cours d'une soirée musicale chez Madame Verdurin, le jeune héros se trouve égaré au milieu d'une musique toute nouvelle pour lui, comme au sein d'une contrée dont il ne connaît pas les chemins :

> *Le concert commença, je ne connaissais pas ce qu'on jouait, je me trouvais en pays inconnu.* Où le situer ? *Dans l'œuvre de quel auteur étais-je ?*

Alors, comme un génie ou une fée des *Mille et une nuits*, dont l'intervention bienveillante viendrait dissiper les incertitudes de l'auditeur, ou comme le père qui, dans la promenade de Combray, rassurait et informait sa famille égarée, une apparition magique, dit Proust, vient favoriser le héros et répondre à la question implicite qu'il avait posée. Or, écoutons soigneusement les termes dans lesquels l'auteur nous retrace cette conjoncture :

Comme quand, dans un pays qu'on ne croit pas connaître et qu'en effet on a abordé par un côté nouveau, après avoir tourné un chemin, on se trouve tout d'un coup déboucher dans un autre dont les moindres coins vous sont familiers, mais seulement où on n'avait pas l'habitude d'arriver par là, on se dit tout d'un coup : « Mais c'est le petit chemin qui mène à la petite porte du jardin de mes amis ; je suis à deux minutes de chez eux » ; ... ainsi, tout d'un coup, je me reconnus, au milieu de cette musique nouvelle pour moi, en pleine sonate de Vinteuil [13].

Est-il besoin de dire que la similitude entre les deux passages ne peut être que voulue ? Trop de détails y sont pareils, jusqu'à la petite porte qui là donne sur le jardin de la tante Léonie, ici sur celui de certains amis. Sans doute, dans le premier de ces deux passages, il s'agit de personnes égarées dans l'espace externe, dans l'autre, d'un être perdu au milieu d'un espace intérieur. Mais dans un cas comme dans l'autre, l'événement essentiel est la reconnaissance du lieu. Reconnaître la petite porte au bout du jardin, c'est reconnaître un lieu qui n'est plus à la dérive dans l'espace, mais qui a sa place dans nos souvenirs et qui porte un nom. Celui qui était n'importe où dans l'univers, se redécouvre brusquement dans un territoire familier où rien n'a changé. Retrouver le lieu perdu, c'est donc, sinon la même chose, au moins quelque chose de très semblable au fait de retrouver le temps perdu. Lorsqu'au fond de la mémoire quelque image du passé s'offre confusément à la conscience, il reste encore à celle-ci une tâche à accomplir : celle qui consiste, dit Proust, à « apprendre de quelle circonstance particulière, de quelle époque du passé il s'agit [14] ». Cette tâche porte un nom. Elle s'appelle *localisation* [15]. Or, de même que l'esprit localise l'image remémorée dans la durée, il la localise dans l'espace. Ce n'est pas seulement certaine période de son enfance, que l'être proustien voit sortir de sa tasse de thé ; c'est aussi une chambre, une église, une ville, un ensemble topographique solide, qui n'erre plus, qui ne vacille plus.

II

Que ce soit par la grâce du souvenir, par un acte de l'imagination, ou tout simplement en raison de la foi avec laquelle nous nous attachons à certains sites, ceux-ci se mettent à différer de tous les autres, ils se tiennent à part dans les espaces de notre esprit. Lieux retrouvés au fond de notre mémoire, lieux créés en nous par notre rêve ou par cette participation aux songes d'autrui, qui est un des effets de l'art, ou bien encore, mais plus rarement, lieux directement perçus par nous dans leur beauté particulière et rehaussés par la présence d'un être qui leur confère quelque chose de son individualité propre, il est toute une série de lieux chez Proust, inconfondables avec les autres, qui semblent exister à l'intérieur de leurs frontières, d'une existence absolument indépendante. Telle est leur caractéristique essentielle. Du monde externe à eux-mêmes il n'y a pas cette continuité topographique naturelle qui se retrouve partout entre un lieu et d'autres lieux. Dès le moment où on les perçoit, on se rend compte, au contraire, qu'ils ne prolongent pas l'univers environnant, qu'ils s'en séparent. C'est, par exemple, non loin de la Raspelière, certain paysage de bois et de grèves : « Un instant, les rochers dénudés dont j'étais entouré, la mer que l'on apercevait par leurs déchirures, *flottèrent devant mes yeux comme des fragments d'un autre univers*[16] ». — Univers autre, dans l'enceinte duquel on pénètre, comme on passerait non pas seulement de tel à tel point de l'espace ordinaire, mais d'une manière locale d'exister à une manière fondamentalement différente, ou comme, en se retirant en soi-même, l'on se transporte des lieux formant partie du monde extérieur à ces lieux purement idéaux qui n'ont de réalité que dans notre esprit. Et, de fait, dans le cas cité, il en est précisément ainsi, et même de deux façons distinctes, puisqu'il s'avère dans le récit que le lieu en question n'est autre que certain paysage dont le peintre Elstir s'était inspiré jadis pour représenter des scènes à sujets fabuleux, qui avaient fort frappé l'imagination du héros, lorsqu'il les avait vues : « Leur souvenir replaçait les lieux où je me trouvais tellement *en dehors du monde actuel*, que je n'aurais pas été étonné si... j'avais au cours de ma promenade croisé un personnage mythologique[17]. »

Ici donc la mise à part du lieu, son isolement à l'égard du monde actuel, est le double effet de l'art, et de l'art revu à travers le souvenir. Poètes et artistes ont le pouvoir de nous donner accès à des « sites merveilleux, différents du reste du monde[18] », et cela non pas seulement dans les caractéristiques générales que ces lieux présentent, mais jusque dans certains détails concrets qui font que telle route, tel coin de jardin, tel coude de rivière « nous paraissent autres et plus beaux que le reste du monde[19] ».

Miracle que produit aussi la musique, et que réalise en particulier la petite phrase de Vinteuil, quand, par un jeu de perspectives, elle se laisse entrevoir, de façon inattendue et délicieuse, au bout de tout un développement sonore :

> *Et comme dans ces tableaux de Pieter de Hooch qu'approfondit le cadre étroit d'une porte entr'ouverte, tout au loin, d'une couleur autre, dans le velouté d'une lumière interposée, la petite phrase apparaissait dansante, pastorale, intercalée, épisodique,* appartenant à un autre monde[20].

Il arrive donc parfois que le lieu qui contraste avec tous les autres, apparaisse *par-delà* les autres, non, certes, pour les continuer, mais, au contraire, pour marquer plus nettement ainsi la qualité qui en fait un univers à part. Mais il se peut aussi que le lieu privilégié, loin de trancher sur ce qui l'entoure, n'en diffère que par certaines nuances, il est vrai, essentielles, nous apprenant par ce mélange de traits familiers et inhabituels, qu'il sert d'intermédiaire entre le monde tel que nous le connaissons et un autre monde, celui-ci tout à fait étranger et lointain. Tout se passe alors comme si le paysage — faut-il dire perçu ou rêvé ? — se constituait en une sorte d'avenue, qu'il suffit simplement de suivre pour passer d'un univers à l'autre, soit qu'on glisse de la perception externe à la réminiscence, de la réalité sensible à un espace imaginaire, ou de la vérité objective à celle de l'art.

Il en est un admirable exemple dans un « paysage » de *Jean Santeuil*, où, dans un mouvement qui est assez rare chez lui, le romancier s'adresse au lecteur :

Et vous-même, plus âgé que Jean, lecteur, de la clôture d'un jardin situé sur une hauteur, n'eûtes-vous pas parfois le sentiment que ce n'étaient pas seulement d'autres champs, d'autres arbres qui s'étendaient devant vous mais un certain pays sous son ciel spécial ? Les quelques arbres qui venaient jusqu'à la clôture où vous étiez accoudé, c'étaient comme les arbres réels du premier plan d'un panorama, ils servaient de transition *entre ce que vous connaissiez, le jardin où vous étiez venu faire visite, et cette chose irréelle, mystérieuse, un pays qui s'étendait devant vous sous des apparences de plaines, se développant richement en vallons, laissant jouer sur soi la lumière... Ici ce sont encore les choses réelles... mais plus loin c'est autre chose...* [21].

Parfois donc, devant nous, s'ouvre un chemin qui part de nos lieux habituels, mais qui, insidieusement, sans que nous nous rendions clairement compte de l'endroit où il franchit une frontière invisible, nous mène vers d'autres lieux situés hors de notre univers. C'est ainsi que la promenade du côté de Guermantes commence assez normalement le long du cours de la Vivonne, mais, pour qui la poursuivrait jusqu'aux sources de cette rivière, aboutit en un lieu non moins abstrait et idéal que l'entrée des Enfers [22]. Et c'est ainsi encore que le couloir du théâtre où s'engage le prince de Saxe pour retrouver dans sa baignoire sa cousine de Guermantes, semble embrancher sur le lieu banal occupé par le héros, témoin de cette conjoncture, « *un passage éventuel vers un monde nouveau* », et « conduire à des grottes marines, au royaume mythologique des nymphes des eaux [23] ».

Longtemps avant Alain-Fournier, Proust,

lui aussi, avait donc conçu l'idée d'un milieu intermédiaire reliant des univers d'espèces différentes. Mais à la différence de Fournier, le milieu intermédiaire ne se présente pas chez Proust comme un chemin « réel », unissant deux endroits déterminés sur la carte. Disons plutôt que, chez lui, ce milieu ou chemin est la représentation topologique de l'acte même par lequel l'esprit transporte ce qu'il voit, et fait passer les objets du réel dans l'imaginaire : « Elstir ne pouvait regarder une fleur, écrit Proust, qu'en la transplantant d'abord dans ce jardin intérieur où nous sommes forcés de rester toujours [24]. » — Jardins intérieurs où nous transplantons non seulement les fleurs, mais les paysages, les figures des êtres, et jusqu'aux noms que ces êtres portent. Lieux intérieurs, qui sont justement différents de tous les autres, parce que, comme l'église de Combray, ils possèdent une dimension de plus, et que nous ne pouvons nous les représenter qu'à travers une certaine profondeur de durée.

Rien de moins objectif, donc, que les

vrais lieux proustiens ; les vrais lieux, ceux qui sont invariablement reliés à certaines présences humaines. Jamais, en effet, chez Proust, un lieu n'est décrit, sans qu'au premier plan ne se profile telle ou telle figure, pas plus que jamais, chez lui, ne surgit une figure, qu'elle ne trouve un cadre tout prêt à l'insérer et à la supporter. Invariablement c'est dans un paysage minutieusement circonscrit par l'auteur, que se montre pour la première fois le personnage proustien. Dès le moment où il y apparaît, ce lieu, s'associant à lui, lui donne une note aussi distincte et reconnaissable qu'un *leit motiv* wagnérien. Sans doute, par la suite, le personnage réapparaîtra ailleurs. Mais il ne cessera d'être lié au site primitif dans notre mémoire. C'est à celui-ci que nous songeons en premier lieu, c'est lui que nous voyons se dérouler d'abord, en quelque endroit que le personnage se retrouve ; comme s'il s'était fait peindre dans un tableau plus révélateur qu'aucun autre et où nous le verrions toujours se découpant sur le même fond.

Ainsi en va-t-il de tous les personnages

proustiens. Comment se représenter, par exemple, Gilberte, ou plutôt l'image que le héros se forme d'elle, sinon sous l'aspect d'une petite fille, accompagnée par un vieux monsieur, et se silhouettant avec lui contre le fond des cathédrales qu'ils visitent tour à tour ? « Le plus souvent maintenant quand je pensais à elle, *je la voyais devant le porche d'une cathédrale*, m'expliquant la signification des statues, et, avec un sourire qui disait du bien de moi, me présentant comme son ami à Bergotte[25]. » — Comment, d'autre part, imaginer Saint-Loup ou Albertine, autrement qu'en les adossant au paysage marin de Balbec ? « Il venait de la plage et la mer qui remplissait jusqu'à mi-hauteur le vitrage du hall *lui faisait un fond sur lequel il se détachait en pied*[26]. » Ainsi se fixe devant nos yeux, insérée dans son contexte, l'image du futur ami de Marcel. Or il en est de même pour les « jeunes filles en fleur » et pour la principale d'entre elles, Albertine : « C'était à elles que ma pensée s'était agréablement suspendue quand je croyais penser à autre chose, où à rien. Mais, quand, même ne le sachant pas, je pensais à elles, plus inconsciemment encore, elles, c'était pour moi les ondulations montueuses et bleues de la mer, *le profil d'un défilé devant la mer*[27]. » — Profil d'un groupe, profil d'un seul visage : « N'était-elle pas en effet... la jeune fille que j'avais vue pour la première fois à Balbec, sous son polo plat, avec ses yeux insistants et rieurs, inconnue encore, mince *comme une silhouette profilée sur le flot*[28] ? »

Quelles que soient les images sans cesse démenties d'elle-même, qu'elle présentera tour à tour par la suite, Albertine ne pourra oblitérer cette image première, projetée fantasquement par son amant sur un paysage de nuages et de vagues. Image première ; image dernière ou presque, aussi. Car peu avant de disparaître, lui disant au revoir un soir, Albertine, dit-il, lui tendit la main de ce mouvement brusque qu'elle avait dans les premiers temps sur la plage de Balbec : « Ce mouvement oublié refit du corps qu'il anima celui de cette Albertine qui me connaissait encore à peine. Il rendit à Albertine, cérémonieusement sous un air de brusquerie, sa nouveauté première, son inconnu, *et jusqu'à son cadre. Je vis la mer derrière cette jeune fille* [29]. »

Ainsi, pour Proust, les êtres humains apparaissent, placés dans certains lieux qui leur servent de support et de cadre, et qui déterminent la perspective selon laquelle il est permis de les voir. Chose singulière, ce romancier de l'intériorité s'astreint invariablement à présenter ses personnages (sauf un seul, conscience centrale) sous l'aspect de l'extériorité. Les êtres sont des silhouettes qui se profilent, des formes qui tombent sous le regard. Mais ce n'est pas encore assez dire. Les personnages ne sont pas seulement liés à leurs apparences, il faut encore que leurs apparences soient liées à un environnement local qui les encadre et qui leur serve, pour ainsi dire, d'écrin. A ce premier cadre d'autres viendront s'ajouter ou se substituer par la suite. Ainsi l'être proustien paraîtra, à tour de rôle, dans une série de sites ; tout comme ces personnes qui font faire d'elles-mêmes une suite de portraits, où on les voit avec, pour fond, une « vue » toujours différente : par exemple, un jardin à la campagne, un mur couvert d'affiches, un salon, un quai de gare, etc. Mais si, chez Proust, le personnage est toujours placé dans un lieu, il n'est jamais, ou presque jamais, décrit *entre* les lieux. Tout se passe comme s'il dépendait d'un regard qui ne le surprend le plus souvent qu'installé dans l'un des divers endroits, de l'un à l'autre desquels il faut bien supposer qu'il se transporte; sans que néanmoins l'œil de l'auteur soit capable ou désireux de le suivre dans le mouvement par lequel il va de l'un à l'autre d'entre eux. De sorte que ce qui ne se trouve que fort rarement révélé, c'est la progression continue des êtres dans leur vie physique comme dans leur vie morale, les raisons qui les poussent à abandonner leurs anciens cadres pour s'en donner de nouveaux. Bref, les seules images d'eux-mêmes qu'il soit permis aux personnages proustiens de nous offrir, sont semblables à ces photographies d'une même personne, dont nos albums sont pleins. Telle personne à telle époque de sa vie, puis à telle autre ; telle personne à la campagne, à la ville, en habit de soirée, en veston d'intérieur. Chacune de ces « photos » est rigoureusement déterminée par son cadre ; l'ensemble reste discontinu. Pourtant l'association à chaque personne, d'un certain lieu sur lequel elle se profile, a pour effet de lui conférer, sinon la continuité qui lui manque, au moins un aspect éminemment concret. Les êtres s'entourent des lieux où ils se découvrent, comme on s'enveloppe d'un vêtement qui est en même temps un déguisement et une caractérisation. Sans les lieux, les êtres ne seraient que des abstractions. Ce sont les lieux qui précisent leur image, et qui nous donnent ainsi le support nécessaire, grâce auquel nous pouvons leur assigner une place dans notre espace mental, rêver d'eux et nous souvenir d'eux.

Aussi les personnages proustiens ne se laissent-ils jamais évoquer sans être accompagnés par l'image des sites qu'ils ont successivement occupés. Sites qui ne sont pas d'ailleurs nécessairement ceux-là seuls où ils ont paru réellement. Car à la série des lieux réels où le héros se souvient de les avoir vus, s'ajoute encore l'image des lieux où — parfois même avant que de les rencontrer en chair et en os — le héros a rêvé de les voir.

Chaque être est ainsi placé par nous, non seulement dans un lieu, mais dans un système de lieux, dont certains sont réels et d'autres imaginaires. Cela est vrai pour Gilberte, pour Albertine, pour la duchesse de Guermantes :

> *Chacune des femmes que j'avais connues s'élevait, à un point différent de ma vie, dressée comme une divinité protectrice et* locale, *d'abord* au milieu d'un de ces paysages rêvés, dont la juxtaposition quadrillait ma vie *et où je m'étais attaché à l'imaginer ; ensuite vue du côté du souvenir*, entourée des sites où je l'avais connue et qu'elle me rappelait, y restant attachée, *car si notre vie est vagabonde, notre mémoire est sédentaire, et nous avons beau nous élancer sans trêve, nos souvenirs, eux*, rivés aux lieux *dont nous nous détachons, continuent à y combiner leur vie casanière...* [30].

Immanquablement donc, chez Proust,

dans la réalité comme dans le songe, lieux et personnes s'unissent. L'imagination proustienne ne saurait concevoir les êtres autrement qu'en les posant contre un fond local qui les fait apparaître en leur servant de tain de miroir. Evoquer un être humain, cet acte si simple, qui est l'acte premier du romancier composant son œuvre, revient, chez Proust, à rendre visible une forme en la plaçant dans un cadre. Tour d'esprit véritablement essentiel, et qui, chez Proust. se remarque non seulement dans l'œuvre romanesque, mais dans les écrits critiques et idéologiques, et jusque dans la correspondance.

C'est ainsi qu'écrivant à la jolie actrice Louisa de Mornand, alors absente de Paris, Proust s'abandonne au plaisir de l'imaginer dans le lieu où elle passe ses vacances :

Combien j'aimerais à me promener avec vous dans ces rues de Blois qui doivent être pour votre beauté un cadre *charmant. C'est un vieux cadre, un* cadre *Renaissance. Mais c'est aussi un cadre nouveau, puisque je ne vous y ai jamais vue. Et dans les endroits nouveaux les personnes que nous aimons nous semblent en quelque sorte renouve-*

lées. Voir vos beaux yeux refléter le ciel léger de la Touraine, votre taille exquise se détacher sur le fond *du vieux château, serait plus émouvant pour moi que de vous voir avec une toilette autre, ce serait vous voir avec une parure différente* [31].

De la sorte, par la grâce d'une association momentanée, les beaux yeux, la taille exquise de l'actrice reçoivent du paysage environnant un charme supplémentaire. Mais l'inverse est également vrai. Si le lieu rehausse l'être qui s'y trouve, l'être confère au lieu où il se trouve quelque chose de son individualité propre : « Ainsi au fond d'un paysage palpitait le charme d'un être. Ainsi dans un être tout un paysage mettait sa poésie [32]. » Cette phrase du *Contre Sainte-Beuve* définit déjà et préfigure la réciprocité des échanges qui, dans *A la recherche*, se feront entre personnes et lieux. Tantôt il semble que le lieu ait si bien besoin d'un être, qu'il est prêt à l'engendrer, à le tirer de sa propre substance, par un acte créateur identique à celui par lequel émanent de lui fleurs, arbres, pierres, maisons, tous les objets qui le constituent ou le meublent : « La passante qu'appelait mon désir me semblait être non un exemplaire quelconque de ce type général : la femme, mais *un produit nécessaire et naturel de ce sol*[33]. » — Tantôt, au contraire, c'est l'objet humain qui semble avoir besoin de se compléter ou de s'élargir en devenant le point central d'une réalité géographique : « J'imaginais toujours autour de la femme que j'aimais les lieux que je désirais le plus alors... J'eusse voulu que ce fût elle qui me les fît visiter, qui m'ouvrît l'accès d'un monde inconnu[34]. »

Le lieu s'ouvre donc sur la femme ; mais l'image de la femme s'ouvre aussi sur le lieu. De cette curieuse interdépendance, à la fois topologique et anthropologique, le meilleur exemple est assurément celui des *noms*. Noms de famille, noms de pays, l'on sait le rôle immense qu'ils jouent dans l'œuvre proustienne, rôle si grand que des parties entières de celle-ci reçoivent d'eux leur titre, et que, dans un sens, il ne serait pas exagéré de considérer le roman entier lui-même comme une vaste amplification sur le pouvoir qu'exercent les noms sur l'esprit. Or les noms de famille, et spécialement les noms de familles nobles, ont cette particularité d'être à la fois le nom d'un lieu et celui d'une personne, et d'amalgamer ainsi dans une entité unique les deux ingrédients dont l'imagination proustienne a besoin. De cette alchimie mentale réalisée par le nom, il est, chez Proust, de nombreux exemples.

Celui de la duchesse de Guermantes :

Madame de Guermantes s'était assise. Son nom, comme il était accompagné de son titre, ajoutait à sa personne physique son duché qui se projetait autour d'elle *et faisait régner la fraîcheur ombreuse et dorée des bois de Guermantes au milieu du salon, à l'entour du pouf où elle était* [35].

A côté du nom de la duchesse, en voici un autre, moins connu dans le roman, mais à peine moins évocateur :

Le nom du prince de Faffenheim-Munsterburg-Weiningen gardait dans la franchise avec laquelle ses premières syllabes étaient — comme on dit en musique — attaquées, et dans la bégayante répétition qui les scandait, l'élan, la naïveté maniérée, les lourdes « délicatesses » germaniques projetées comme des branchages verdâtres sur le « Heim » d'émail bleu sombre qui déployait la mysticité d'un vitrail rhénan derrière les dorures pâles et finement ciselées du XVIIIe *siècle allemand. Ce nom contenait parmi les noms divers dont il était formé, celui d'une petite ville d'eaux allemande où tout enfant j'avais été avec ma grand-mère... Ainsi, sous la visière du prince du Saint-Empire et de l'écuyer de Franconie, ce fut le visage d'une terre aimée où s'étaient souvent arrêtés pour moi les rayons du soleil de six heures que je vis...* [36].

Le nom est donc simultanément chose individuelle et locale. Il est nom de pays au même titre qu'il est nom de personne et nom de famille. Mais il est plus encore. Sous la forme d'un de ces phénomènes dont l'on use pour transporter les réalités objectives dans le monde mental, il est cette entité topologique inédite (issue de la fusion d'un site réel avec l'image d'une personne ou l'histoire d'une famille), qui est un lieu irréel, puisqu'il n'a pas sa place dans l'étendue externe, mais subjectivement réel, puisque situé dans les espaces de l'esprit :

C'est encore aujourd'hui un des grands charmes des familles nobles qu'elles semblent situées dans un coin de terre particulier, *que* leur nom est toujours un nom de lieu *ou que le nom de leur château (et c'est encore quelquefois le même) donne tout de suite à l'imagination l'impression de la résidence et le désir du voyage. Chaque nom noble contient dans* l'espace coloré de ses syllabes *un château où après un chemin difficile l'arrivée est douce par une gaie soirée d'hiver* [37].

Qu'est-ce, le plus souvent, que le snobisme proustien ? une rêverie sur des noms de lieu et de familles nobles. Grâce aux couleurs dont les noms les rehaussent, aux mille nuances d'humanité concrète, qui, par le truchement des noms, viennent leur donner une physionomie particulière, les lieux se mettent à jouer dans l'imagination des hommes un rôle non différent de celui joué précisément par des hommes. Leurs prestiges et leurs mystères deviennent des prestiges et des mystères humains. Porteurs d'un nom qui les humanise et les individualise, ils s'offrent et se dérobent, cachent des secrets, inspirent des désirs, dévoilent des beautés. Aussi les lieux méritent-ils d'être l'objet de notre curiosité admirative et même de notre amour : « Les lieux sont des personnes [38] », écrit quelque part Proust. Et ailleurs il insiste : « Les noms présentent des personnes — et des villes qu'ils nous habituent à croire individuelles, uniques comme des personnes — une image confuse qui tire d'eux, de leur sonorité éclatante ou sombre, la couleur dont elle est peinte uniformément[39]... » — L'on se souvient du grand mouvement de désir et de rêve déclenché dans l'esprit du jeune héros d'*A la recherche du temps perdu* par la perspective d'un voyage en Italie. Une infinie puissance de suggestion se révèle dans les noms de Florence et Venise, douant ces villes encore inconnues d'une foule de particularités intensément individuelles, encore qu'imaginaires. C'est que le héros, comme dit Proust, en est encore à cet âge où « nous croyons d'une foi profonde à l'originalité, à la vie individuelle du lieu où nous nous trouvons [40] ».

Du lieu où nous nous trouvons, du lieu, tout autant, dont nous rêvons. S'il est, en effet, quelque chose de significatif dans la topologie proustienne, c'est bien l'insistance avec laquelle le romancier revient sur le caractère d'originalité ou d'individualité que présentent les lieux — aussi bien les lieux rêvés par la pensée onirique et mythique, que ceux perçus dans l'expérience sensible et revus ensuite dans le souvenir. « Il y a quelque chose d'individuel dans les lieux[41] », reconnaît Proust. Et quelques lignes plus bas, il parle de « paysages dont parfois, la nuit, dans ses rêves, l'individualité l'étreint avec une puissance presque fantastique[42] ».

« Cette chose *unique* qu'est un lieu[43]... » Le charme d'un lieu tient donc, en dernière analyse, au fait qu'il est lui-même et non pas un autre, qu'il possède, à l'égal des êtres humains, cette caractéristique essentielle qui s'appelle l'unicité. De même que Swann est Swann, et Albertine, Albertine (en sorte que ce serait la plus grave erreur, pour qui voudrait comprendre ces personnes de ne chercher en elles que les traits les plus généraux, ceux qu'elles ont en partage avec tous les autres représentants de l'espèce humaine), de même Venise est Venise, et Florence, Florence, et s'il est indéniable que ces lieux se relient à d'autres lieux, à l'Italie, à l'Europe, à l'espace, cette liaison abstraite qui existe entre tous les points de l'étendue, ne saurait nous servir à mieux pénétrer ce qu'il y a d'exclusivement florentin dans Florence, et de vénitien dans Venise. Chaque lieu se révèle comme le siège d'une réalité absolument originale ; chaque lieu n'a pour ainsi dire rien de commun avec les autres lieux, même avec ceux qui l'avoisinent. Bref, la conception proustienne de l'originalité radicale des lieux néglige précisément la seule caractéristique qui permette de *les saisir ensemble*, le fait que les lieux participent d'un même espace et se placent, à une distance plus ou moins grande les uns autres, mais toujours mesurable, sur une même carte.

Les lieux ne peuvent être réduits à de pures localisations dans l'espace, pas plus que Charlus et Norpois, Françoise et M. de Bréauté, le duc de Guermantes et la grand'mère de Marcel ne peuvent être regardés comme de simples spécimens interchangeables de la race humaine. Car les êtres sont des personnes, et les personnes ne peuvent être comprises que dans leur originalité propre. Or il en va de même pour les lieux. Les lieux sont des îles dans l'espace, des monades, de « petits univers à part[44] ». Et la seule généralité qui importe en eux n'est point la généralité anonyme qui se retrouve dans tous les points de l'étendue, mais l'identité qui se constate entre des types de paysages semblables, dont la ressemblance nous frappe en dépit des distances, et qui nous offrent « la consistance d'un type particulier de plaisir, et presque d'un cadre d'existence[45] ».

III

Comme des tableaux d'un même peintre pendus à la cimaise de différents musées d'Europe, toute une série de sites proustiens semblent proclamer ainsi leur appartenance à un même univers. Mais ces sites ou tableaux sont séparés les uns des autres par de grandes distances neutres, de sorte que le premier aspect suggéré par l'œuvre de Proust est celui d'un ensemble très incomplet, où le nombre des vestiges subsistants est largement dépassé par celui des lacunes. Rarement la représentation des choses y apparaît comme totale ou panoramique. Elle est presque toujours fragmentaire, tantôt plus large, tantôt plus étroite, mais le plus souvent réduite — soit par quelque obstruction, soit, le plus souvent, par quelque « cassure » dans le champ du regard — à une section du réel strictement limitée, au-delà de laquelle il est inutile d'espérer voir quelque chose. En bref, l'image la plus exacte de l'univers proustien n'est pas différente de cette image de Combray qui apparaît au début du récit : « sorte de *pan lumineux, découpé au milieu d'indistinctes ténèbres*, pareil à ceux que l'embrasement d'un feu de Bengale ou quelque projection électrique éclairent et *sectionnent* dans un édifice dont les autres parties restent plongées dans la nuit[46] ».

Sans doute, le bref miracle de la mémoire affective pourra avoir pour conséquence de compléter certaines parties du tableau. Mais ce miracle lui-même est intermittent ; son efficacité ne vaut que pour le moment même où il opère ; ce qu'il restitue n'est rendu que de façon provisoire, de sorte que la restauration partielle réalisée par la mémoire n'a pour effet que de substituer à la discontinuité spatiale une discontinuité, cette fois, temporelle. Aussi peut-on dire de l'œuvre entière de Proust ce que, dans les *Plaisirs et les jours*, il disait lui-même de certaine époque de sa vie, que c'était « *une suite, coupée de lacunes*[47] ». Lacunes qui empêchent les morceaux de se rejoindre, de former suite. Cela est plus particulièrement vrai des personnages du roman proustien, que l'on ne perçoit jamais que selon tel ou tel angle, aussitôt remplacé par un autre. Albertine en est le meilleur exemple, Albertine infiniment divisée en les multiples aspects d'elle-même qu'elle présente : « *fractionnement* d'Albertine en de nombreuses parts, en de nombreuses Albertines[48]... »

Au fractionnement des êtres s'ajoute le morcellement des choses, des œuvres et même des pensées. L'on sait que le macrocosme proustien renferme un petit nombre de microcosmes, qui sont les univers mentaux de certains artistes. Mais de ces univers intérieurs l'on ne voit, non plus, que des fragments. L'univers proustien est un univers en morceaux, dont les morceaux contiennent d'autres univers, eux aussi, à leur tour, en morceaux. Ainsi le monde d'Elstir, apparaissant de loin en loin dans le roman, mais jamais de façon continue, n'y existe que sous la forme d'une série d'œuvres dispersées dans un atelier, dans des galeries, dans des collections particulières, aussi bien d'ailleurs que dans quelques rares paysages disséminés de ci, de là, dans la réalité externe, et qui sont d'Elstir en ce sens qu'ils lui ont servi de modèles. De même, pour Proust, les tableaux de Vermeer sont « *les fragments d'un même monde*[49] », tout comme de l'univers de Vinteuil ne subsistent que « les *fragments disjoints*, les *éclats* aux *cassures* écarlates d'une fête inconnue et colorée[50] ».

A cette fragmentation de l'univers proustien il y a bien des causes. Certes, l'une d'entre elles, et non des moindres, est le caractère intermittent de la mémoire, et, d'une façon générale, de tous les sentiments. Elle n'est pas la seule, ni peut-être la plus importante. La discontinuité temporelle est elle-même précédée, voire même commandée par une discontinuité plus radicale encore, celle de l'espace. Toutes deux s'entremêlent et s'aggravent mutuellement de façon si inextricable qu'il serait peut-être utile de faire ici quelques réflexions sur ce qui se trouve impliqué chez Proust par ce qu'on ne peut appeler autrement qu'un principe général de discontinuité.

On pourrait dire qu'il y a inévitablement discontinuité là où il y a hétérogénéité ; ou, ce qui revient au même, que la discontinuité première, source de toutes les autres, est la discontinuité des essences. Dans un monde comme celui du panthéisme (Bruno, Spinoza), où tout, en fin de compte, s'avère comme participant à la plus complète unité de substance, il n'y a pas de discontinuité, il n'y en a que l'apparence. Dans un monde comme celui de la science, il n'y a pas de discontinuité, non plus, mais pour la raison contraire, parce qu'il n'y a pas d'essence. Tout s'y ramène à un dénombrement quantitatif qui suppose partout la présence de l'homogène. Sur ce point, Bergson a fait toutes les distinctions nécessaires.

Mais le monde de Proust est le contraire du monde des savants, et ne se distingue pas moins d'un monde où règnerait l'unité de substance. C'est un monde où s'affirment le qualitatif et l'hétérogène. Toute qualité implique hétérogénéité. Dès qu'une chose se manifeste dans sa qualité propre, dans son « essence », elle se révèle comme différente de toutes les autres (et de leurs essences). D'elle aux autres il n'y a pas de passage. Les réalités qualitatives, pour Proust, semblent donc condamnées à exister isolément, insulairement, séparées par des distances infranchissables.

Par là, si le monde proustien diffère grandement de celui de Bergson, il ressemble, au contraire, à certains autres où la qualité aussi domine ; par exemple, à celui de Leibniz. Mais ce qu'il y a d'exceptionnel, et peut-être même de véritablement unique, chez Proust, c'est que la qualitation ne se limite nullement chez lui au monde des objets et des êtres vivants, mais qu'elle affecte aussi, comme nous l'avons vu, le monde de l'espace.

Pour la plupart des philosophes, l'espace, plus encore que le temps, est le monde de l'homogène. « L'espace à soi pareil... » ; l'espace toujours identique. C'est que, d'ordinaire, pour le philosophe, l'espace est ce qui précède les lieux, ce qui *a priori* se trouve là pour les recevoir. Quels que soient les lieux, de quelque façon concrète qu'ils se manifestent, l'esprit suppose derrière eux, en dessous d'eux, autour d'eux, une réalité nue, abstraite, totalement dépourvue de caractéristiques, qui formerait comme le terrain impersonnel où les lieux se rangent et se distribuent. Ainsi le concret se situerait dans l'abstrait, le personnel dans l'impersonnel, et l'hétérogène dans l'homogène. Il y aurait *d'abord* l'espace, et puis les lieux qui trouvent leur place dans l'espace.

Peut-être n'est-il pas superflu de faire remarquer ici qu'une telle conception de l'étendue a pour conséquence de consacrer le caractère *a posteriori*, donc contingent et secondaire, de toute discontinuité. Puisqu'il y aurait en premier lieu le continu, qui est l'espace, le discontinu ne pourrait se comprendre que comme la perturbation subséquente, accidentelle, et probablement temporaire, d'un ordre indéniablement primitif et qui promettait d'être éternel. De toute nécessité, le principe de la continuité spatiale a pour corollaire un principe correspondant de continuité temporelle.

Telle est l'optique habituelle de toute philosophie de l'espace. Elle ne peut débuter que par une affirmation du continu, qui est l'espace.

Or, on ne peut rien imaginer qui soit plus loin de la pensée proustienne. Non que celle-ci explicite en aucun endroit, de façon théorique ou critique, son point de vue. Sûrement Proust n'a jamais songé à opposer ses réflexions sur l'espace à celles de la philosophie courante, et il est même à supposer qu'il n'a pas eu conscience de son désaccord avec elle. C'est que nous sommes ici non sur le plan de la pensée spéculative, mais sur celui d'une expérience qui se tire d'elle-même, sans s'élever, sauf rarement, jusqu'à la généralisation métaphysique de ses découvertes. Or, sur ce plan, qui est celui où naturellement Proust se situe et se meut, il n'est jamais question d'espace, il n'est question que de lieux, et de la distance qui existe entre ces lieux.

Il est vrai que le mot distance peut être pris comme synonyme d'espace. Toutefois, chez Proust, la distance n'est jamais un espace qui s'étend, qui reçoit, qui rejoint, qui comble un vide. Elle est ce vide, rien que ce vide. La distance, c'est l'espace, mais l'espace dépouillé de toute positivité, espace sans puissance, sans efficacité, sans pouvoir de plénification, de coordination et d'unification. Au lieu d'être une sorte de simultanéité générale qui se développerait de tous côtés pour supporter, contenir et mettre en rapport les êtres, l'espace est tout simplement ici une incapacité qui se manifeste de toutes parts, dans tous les objets du monde, à former ensemble un ordre. Les choses sont, mais elles sont *à distance.* Distance qu'il leur est impossible de supprimer, ni même de réduire. Dans l'univers proustien, à ce stade, il n'est jamais permis de se rapprocher, de se toucher, d'établir les uns avec les autres l'intimité du moindre voisinage. Tout ce qui y vit, y vit à l'écart. Et le sentiment de la distance, qui, sous une forme ou une autre, ne cesse de s'y manifester, se confond ici avec le sentiment angoissé de l'existence. Au fond de tous les désirs il y a une impuissance, inhérente à la nature même des êtres, et qui leur interdit d'atteindre l'objet de leurs désirs. Désirer, c'est rendre apparent un intervalle. Aimer, c'est voir se dérober dans le lointain l'être qu'on aime. C'est percevoir, comme dit Proust, « ces affreuses distances intérieures au terme desquelles une femme que nous aimons nous apparaît si lointaine [51] ». La distance, pour Proust, ne peut donc être que tragique. Elle est comme la démonstration visible, inscrite dans l'étendue, du grand principe de séparation qui affecte et afflige les hommes. L'on est ici. L'être aimé est là. Entre ces deux endroits il n'y a pas de pont, pas de communication, rien qu'une espèce de refus tacite, universel et anonyme, opposé par l'espace à ce que les êtres se rapprochent et se joignent.

Dès l'abord, dans l'œuvre de Proust, le thème de la distance, ou espace négatif, atteint son maximum d'intensité douloureuse. Il apparaît sous la forme du baiser du soir, tant désiré par l'enfant et refusé par la mère. Car le baiser, c'est le symbole de la présence de la mère, d'une union entre elle et l'enfant, qui supprimerait toute distance. Et le baiser refusé, c'est l'absence substituée à la présence. Absence, source d'angoisse. De quelle nature est celle-ci, nous le savons; c'est, dit Proust, l'angoisse qu'il y a à « sentir l'être qu'on aime dans un *lieu* de plaisir *où l'on n'est pas* [52] ». L'angoisse tient donc essentiellement à cette non-identité des lieux respectivement occupés par l'être désiré et l'être qui désire, à l'écart brusquement perçu entre l'endroit où l'un se découvre seul, et l'endroit où il suppose que l'autre se trouve et s'amuse. Entre l'un et l'autre de ces lieux un abîme se révèle. Soudain l'on comprend que l'espace n'est pas un milieu communicant, un terrain d'union, une zone privilégiée où les êtres se retrouvent ensemble. Soudain l'on sait que l'espace est exactement le contraire. L'espace est ce qui fait que les êtres sont obligés de vivre loin les uns des autres. Celui pour qui le baiser maternel eût été le gage d'un rapprochement heureux, d'une présence que Proust compare à la « présence réelle[53] », doit se résigner à accepter l'évidence inverse et terriblement réelle de l'absence.

Evidence qui, tout au long du roman proustien, se réitère, comme pour faire de ce roman une interminable démonstration de l'impossibilité qu'il y a pour les êtres d'arriver à être présents les uns aux autres. Combien d'épisodes n'y ont pas pour objet d'accuser des écarts, de rendre visibles des absences ? On le voit plus particulièrement dans deux incidents similaires, où le personnage central est en train de téléphoner, la première fois à sa grand'mère, la seconde, à Albertine. En entendant au fond du cornet la voix de la personne aimée, il imagine un instant l'absence vaincue, la distance supprimée. Mais l'illusion aussitôt se dissipe :

... La voix de l'être cher s'adresse à nous. C'est lui, c'est sa voix qui nous parle, qui est là.

Mais comme elle est loin ! Que de fois je n'ai pu l'écouter sans angoisse, comme si devant cette impossibilité de voir, avant de longues heures de voyage, celle dont la voix était si près de mon oreille, je sentais mieux ce qu'il y a de décevant dans l'apparence du rapprochement le plus doux, et à quelle distance nous pouvons être des personnes aimées *au moment où il semble que nous n'aurions qu'à étendre la main pour les retenir.* Présence réelle *que cette voix si proche — dans la séparation effective ! Mais anticipation aussi d'une séparation éternelle* [54].

Mais déjà, aux derniers mots entendus au téléphone, je commençai à comprendre que la vie d'Albertine était située (non pas matériellement sans doute) à une telle distance de moi *qu'il m'eût fallu toujours de fatigantes explorations pour mettre la main sur elle, mais, de plus, organisée comme des fortifications de campagne... Existences disposées sur cinq ou six lignes de repli, de sorte que, quand on veut voir cette femme, ou savoir, on est venu frapper trop à droite, ou trop à gauche, ou trop en avant, ou trop en arrière, et qu'on peut pendant des mois, des années, tout ignorer* [55].

Mais le plus admirable passage consacré par Proust au thème de la communication téléphonique et de ses analogies, se trouve dans *Jean Santeuil.* Il concerne le grand-père de Jean, M. Sandré, s'abandonnant, au cours d'une rêverie, à ses souvenirs, et écoutant la voix de son propre passé qui, pour parvenir jusqu'à lui, traverse « le long espace d'un demi-siècle » :

Mais au moment où cette voix aimée s'adresse à nous dans le cornet téléphonique, il nous semble sentir comme cet éloignement *que nous franchissons sans avoir eu le temps de le sentir. Ainsi, quand nous nous réveillons après quelques heures de sommeil en chemin de fer, nous avons en présence des lieux nouveaux qui nous entourent, sinon la fatigue, presque comme* le vertige des distances *que la machine à vapeur a parcourues pour nous... Ainsi les yeux de M. Sandré regardaient instantanément ces images éloignées, mais* le sentiment de cette atmosphère si longue de jours instantanément traversés était tout de même entre ces choses et lui [56].

Ce que fait donc apparaître l'illusoire miracle de la communication téléphonique (et de son analogue exact, le souvenir), c'est une présence à la fois retrouvée et perdue. Retrouvée, puisque, en dépit de la distance, de l'oubli, elle revient jusqu'à nous, elle se fait reconnaître de nous ; et néanmoins perdue, puisque, malgré le mouvement qui la porte à notre rencontre, elle reste clouée là d'où elle vient, ne bougeant pas d'un pouce, au fond du temps, au fond de l'espace. Et le mouvement instantané par lequel, au téléphone, depuis tel lieu lointain jusqu'à nous, une voix qui nous est chère franchit un immense intervalle, ne fait ainsi qu'accuser l'éloignement dans lequel demeure confinée la personne « au bout du fil », étant donné que c'est à sa voix seule qu'il est permis de nous atteindre, tandis que son être reste hors de portée, de l'autre côté de l'abîme. Or il en va de même pour nos souvenirs. Car si l'image sensible qu'ils nous rendent semble se transférer instantanément jusqu'à nous, en dévorant, comme on dit, la distance, c'est à un passé irrémédiablement révolu qu'ils se rapportent, passé qui ne cesse d'être séparé de nous par la même distance, de sorte que celle-ci, loin d'être supprimée, est au contraire rendue plus cruellement distincte par le mouvement de la pensée mnémonique qui, en voyageant tout au long, en a mieux révélé la longueur.

Cette longueur est celle même de l'existence. L'être qui se souvient d'une image de soi visible tout au fond du passé, se souvient aussi, dans un sens, de l'entre-deux qui l'en sépare. Ainsi, déjà dans tel conte des *Plaisirs et les jours*, le héros, se rappelant certaine époque de sa vie, *mesure* du même coup l'intervalle ; comme si le souvenir était un point de repère grâce auquel la longueur d'existence devenait non seulement visible mais calculable : « ... Et il eut pitié de lui comme souvent, *à toute la distance de sa vie entière*, il s'était aperçu avec attendrissement tout enfant [57]. »

Nul doute qu'ici, comme dans l'épisode cité de *Jean Santeuil*, comme, plus tard, dans tant d'autres endroits d'*A la recherche du temps perdu*, le personnage bénéficiant des avantages magiques de la mémoire affective, ne se trouve soudain dans cette situation exceptionnelle où l'esprit perçoit ce que Baudelaire appelait la profondeur de l'existence, et ne soit donc susceptible, en un sens, de « mesurer » celle-ci. Mais, d'autre part, en interprétant ces passages, il faut nous garder de tomber dans une double erreur. La première consisterait à prendre cette profondeur qui se découvre, pour une dimension existentielle véritablement positive, c'est-à-dire pour une continuité de souvenirs imbriqués les uns dans les autres, de façon à former, depuis le souvenir initial jusqu'au moment présent, une chaîne ininterrompue. Rien de moins positif, au contraire, que l'étendue temporelle qui se révèle ici. Elle n'est pas la vie entière, elle est seulement « la distance » de cette vie entière. Elle n'est pas un plein mais un vide. L'être qui découvre ici la profondeur d'existence, la découvre dans le vide de toute existence. Au lieu de la vie, reste la place en creux laissée par la vie en s'éloignant.

D'autre part, rien de plus ambigu que le mot *mesure* appliqué à la distance. Il n'est pas inexact, en effet, comme nous le verrons plus tard, de concevoir la distance, au sens proustien de ce terme, comme une dimension analogue à celles de l'espace externe ou du temps scientifique, à condition toutefois de ne pas la considérer de ce fait comme une longueur mathématiquement mesurable et convertible, par exemple, en un nombre déterminé de lieues ou d'années. La distance dont il s'agit ici n'a rien à voir avec la quantité. Si l'objet contemplé ou remémoré apparaît dans un point dont le regard se trouve séparé par quelque étendue neutre, nul moyen ne se propose de *comparer* cet éloignement particulier à un autre, et de calculer ainsi l'écart qu'il marque entre le sujet et l'objet. Au contraire, chaque fois que, chez Proust, une image du passé ou du dehors surgit au fond de l'esprit, c'est pour donner invariablement l'impression d'une réalité perçue au même point-limite, dans un éloignement qui ne saurait ni diminuer ni s'accroître. En d'autres termes, la distance est ici *absolue*. Comme une sculpture de Giacometti, qui, en quelque endroit qu'on se mette pour la voir, présente la même silhouette effilée, ainsi l'objet embrassé par le regard proustien ne semble pouvoir ni grandir, ni s'évanouir. Il ne peut que s'offrir là où il est, vainement, hors d'atteinte : toujours au loin, au-dehors, comme un éternel étranger et un éternel absent.

IV

... Le geste, l'acte le plus simple reste enfermé comme dans mille vases clos... [58].

J'ouvre les yeux à la nuit close et je me demande souvent si le lieu hermétiquement clos *et éclairé à l'électricité où je suis est plutôt situé qu'ailleurs à Versailles dont je n'ai pas vu une seule feuille morte tourbillonner au-dessus d'aucune de ses pièces d'eau* [59].

Bref, en Proust, chez Proust, tout ce qui vit, vit refermé sur soi, et, en même temps, exclu de tout ce qui n'est pas soi. Et cette rigoureuse inclusion-exclusion, qui scinde l'existence en deux comme par un mur dont il est impossible de percevoir à la fois la face interne et la face externe, fait que, d'une part, chaque être est extérieur à tous les autres, et néanmoins enclos au-dedans de lui-même, sans possibilité de communiquer avec le dehors. Or ce qui est vrai des êtres, l'est également des moments et des lieux. L'on sait avec quelle persistance Proust revient à la notion cartésienne d'une durée composée de moments indépendants, qui, « loin les uns des autres. inconnaissables l'un à l'autre, [demeurent] dans des *vases clos* et sans communication entre eux d'après-midi différents[60] ». Mais ce qui est vrai du temps, l'est également de l'étendue. Ce ne sont pas seulement les moments du temps qui sont comme des vases clos, ce sont les lieux de l'espace. La fameuse distinction des côtés de Guermantes et de Méséglise n'a pas d'autre objet que de donner de cette double parcellisation un exemple aussi simple que possible, et cependant d'application universelle. Oui, il est vrai qu'il existe à Combray, comme partout ailleurs, des « côtés » si différents qu'il est impossible d'aller et de l'un et de l'autre dans le même jour. Mais cette impossibilité, qui « enferme dans la cellule de jours distincts » tout après-midi, où, nécessairement, l'on n'a pu s'engager que dans l'une des deux directions alternatives, a pour corollaire immédiat l'impossibilité correspondante d'être simultanément engagé dans l'une *et* l'autre des deux directions opposées. Impossibilité qui, cette fois, est proprement spatiale, encore qu'elle soit liée à une impossibilité temporelle. Je ne puis me trouver en tel et tel lieux qu'en des temps différents, comme je ne puis être dans un même temps qu'absent de l'un ou de l'autre de ces lieux. De sorte que l'unité de temps emporte la pluralité de l'espace, comme l'unité de l'espace emporte la plùralité du temps. De quelque façon que je me tourne, je ne puis arriver à surmonter une déficience qui me fait le prisonnier, tantôt du lieu, tantôt du moment où je suis, et qui, du même coup, m'interdit de m'unir immédiatement à l'ensemble de l'étendue comme à l'ensemble de la durée.

Telle est la leçon donnée à l'être proustien par les « côtés » de Guermantes et de Méséglise. Non seulement ils lui apprennent que, de quelque manière qu'il décide, son choix sera une scission, donc une exclusion ; mais ils lui rappellent encore que cette exclusion s'étend à tous les lieux de l'espace, sauf à celui qu'il a choisi, mais en lequel, par son choix, il s'est enfermé comme dans un cachot. Décider d'aller du côté de chez Swann, plutôt que du côté de Guermantes, c'est renoncer, pour la possession du seul côté de chez Swann, non pas simplement au côté de Guermantes, mais à tous les autres lieux du monde. L'espace réel, l'espace humain, n'est donc pas la simultanéité de tous les lieux qu'il comporte ; il est l'exclusion mutuelle des lieux, dont cependant chacun existe par lui-même. Espace singulier, sorte de vide parsemé de sites, dont chacun existerait « dans l'ignorance de tous les autres », comme un archipel d'îles qu'aucun navire ne traverserait.

Chaque lieu ressemble à ce lieu de *Jean Santeuil*, représenté symboliquement par une digitale que le héros y voit pousser et désire cueillir :

Il n'y avait pour elle ni loin, ni près, elle était séparée du reste de la terre... Jean eut envie de l'emporter avec lui, dût-il la déraciner, qu'im-

porte, et il aurait voulu aussi emporter ce val, le ravir à cet isolement qui lui donnait pour la première fois le sentiment de cette chose qui n'en était pas une autre, qui était hors de toutes les autres et ne pourrait jamais s'en approcher [61].

Chaque lieu, comme chaque moment, est « *isolé, enclos, immobile, arrêté et perdu loin de tout le reste* [62] ».

N'y a-t-il donc pas moyen de retrouver les lieux comme les moments perdus ?

V

Lieux et moments perdus à jamais ?

L'on se rappelle la question posée au début du roman proustien, et la réponse fameuse qu'y apporte, immédiatement après, l'épisode de la madeleine.

Soudain, par hasard, la coïncidence de telle sensation actuelle et de telle sensation ancienne détermine une levée de souvenirs. Les moments perdus se retrouvent. Dans la profondeur du passé ils s'éveillent, s'ébranlent, traversent une longue zone d'oubli, pour déboucher enfin à la surface :

Cela monte lentement ; j'éprouve la résistance et j'entends la rumeur des distances traversées [63].

... *Résistante douceur de cette atmosphère interposée* qui a l'étendue de notre vie, *et qui est toute la poésie de la mémoire* [64].

Grâce à la mémoire, le temps n'est donc pas perdu, et, s'il n'est pas perdu, l'espace ne l'est pas non plus. A côté du temps retrouvé, il y a l'espace retrouvé. Ou pour parler plus précisément, il y a un espace *enfin trouvé*, un espace qui se trouve et se découvre, en raison du mouvement déclenché par le souvenir.

Jusqu'alors, en effet, comme on l'a vu, le monde proustien s'avérait singulièrement dépourvu d'espace. Que présentait-il ? par-ci, par-là, des lieux épars, et, entre eux, moins un espace qu'une absence d'espace, quelque chose à la fois de fermé, d'interrompu et d'infranchissable.

Et voici que, tout à coup, un mouvement s'accomplit dans ce vide. Pour la première fois l'esprit accompagne un objet dans sa progression. L'espace n'est donc pas la réitération sans fin d'un hiatus, l'exclusion de tous les lieux par tous les lieux, l'impossibilité de se transporter d'un endroit à l'autre. L'espace n'est pas négatif. Il est traversable. L'objet qui le franchit le révèle au regard.

De cette métamorphose de l'espace les exemples abondent. Combien de fois, sous la pression de quelque événement intérieur, ne voit-on pas, chez Proust, comme chez Baudelaire, se dérouler une étendue mentale, dont l'amplitude se mesure à l'intensité du sentiment éprouvé ! Dans la revue *Lilas*, Proust collégien se décrivait situé au point médian d'un cercle ondulatoire propageant autour de lui la vague de ses émotions : « Je suis le centre des choses, écrivait-il, dont chacune me procure des sensations et des sentiments magnifiques et mélancoliques, dont je jouis [65]. » Cette centralité de la vie affective, cette capacité de recevoir tel ou tel genre d'activité sensible, pour la développer ensuite en une immense organisation du sentiment, c'est ce que Proust ne cessera d'exercer dans le reste de son existence. Intermittence du cœur, surgissement imprévu de l'amour ou du souvenir, révélation subite de l'être d'autrui, en combien d'occasions la pensée proustienne ne se transforme-t-elle pas en une sorte de point sensible, à partir duquel s'irradie la multitude des désirs, des réminiscences, des suppositions angoissées ?

Quand on aime, l'amour est trop grand pour pouvoir être contenu tout entier en nous ; il irradie *vers la personne aimée* [66].

L'amour n'est peut-être que la propagation de ces remous *qui, à la suite d'une émotion, émeuvent l'âme* [67].

Nous nous imaginons que l'amour a pour objet un être qui peut être couché devant nous, enfermé dans un corps. Hélas ! Il est l'extension de cet être à tous les points de l'espace et du temps *que cet être a occupés et occupera* [68].

Et surtout ce texte, où, pour exprimer le mouvement amplificateur de la pensée amoureuse et jalouse, Proust trouve une image aussi juste qu'inattendue :

Bref, Albertine n'était, comme une pierre autour de laquelle il a neigé, *que le* centre générateur *d'une immense construction qui passait par le plan de mon cœur* [69].

Ainsi l'énorme développement pris par le personnage d'Albertine dans les volumes qui précèdent immédiatement la conclusion, la place de plus en plus grande qu'il occupe physiquement dans le livre, forment l'équivalent exact de la place prise dans le cœur et l'esprit de l'amant par la hantise de l'aimée. L'amour est essentiellement une activité qui se diffuse, qui prolifère, qui occupe progressivement un plus grand volume. Semblable à une fumée qui crée par tout le ciel sa propre atmosphère, l'amour se dilate et, en se dilatant, produit autour de lui son propre espace.

Or ce qui est vrai pour le phénomène de l'amour, l'est pour tout mouvement du cœur.

Qu'est-ce qu'un souvenir, par exemple, sinon à partir d'un goût, d'une odeur, d'un bruit de cloches, identiques à ceux perçus dans la profondeur des années, un grand mouvement de réminiscence, qui, comme une fusée qui s'ouvre, déploie un éventail de nouveaux souvenirs ? Aussi n'est-ce pas seulement l'imagination jalouse qui, chez Proust, occupe de l'espace, c'est encore et surtout l'énergie mnémonique elle-même. On dirait qu'enfermée longtemps dans le « lieu clos » où elle se trouvait confinée, il suffit de quelque magique ressemblance, pour que, libérée de sa geôle et pareille au génie sorti de la bouteille débouchée, elle s'épande avec une force d'autant plus grande qu'elle était longtemps restée prisonnière dans ce lieu d'une extrême constriction. Et ce mouvement d'expansion se poursuit dans une étendue qui s'avère maintenant sans faille et sans obstacle, sans que rien n'interrompe le progrès de l'objet qui y va s'épandant. La métamorphose de l'espace est donc plus complète qu'il ne semblait à première vue. L'espace n'est pas seulement devenu une réalité positive et traversable ; il s'est mué en une continuité universelle, le long de laquelle, de toutes parts, la pensée se déroule comme une vague persévérant sur sa lancée et portant sa frange d'écume toujours plus loin.

Souvenir ou sentiment, une force s'épand dans l'espace proustien. Elle est accompagnée d'une rumeur incessante de paroles. Mouvement continu, rumeur incessante ! Malgré tout ce qui a été dit précédemment sur le caractère essentiellement discontinu du monde proustien, le grand critique Curtius n'avait pas tort de prétendre, que la continuité, au contraire, en était un des traits les plus marquants : « Son œuvre, écrivait-il en parlant de Proust, nous apparaît illimitable, davantage comme une continuité que comme une forme à contours arrêtés[70]. » — Et encore : « Aussi longtemps que nous suivons Proust, nous sommes pris dans le courant infini de l'esprit, qui ne connaît ni ralentissement, ni mort[71]. » Paroles que peut-être celui qui les prononçait, n'accepterait plus de dire aujourd'hui, car à l'époque où il les a prononcées, l'œuvre de Proust n'était pas encore entièrement publiée, elle pouvait dès lors sembler interminable, et le critique ne pouvait soupçonner avec quelle précision Proust avait fixé la fin de son roman ; mais paroles qui, néanmoins, dans le cadre où il faut les placer, restent d'une extrême justesse. Oui, il y a chez Proust une continuité qui apparaît au sein même de la discontinuité ; continuité que Curtius identifie avec ce qu'il appelle « le courant infini de l'esprit », et qui est, en effet, ce mouvement proprement sans fin, intarissable, qui commence sous la forme d'une onde première s'élargissant dans la pensée, et qui se poursuit en une série d'autres cercles concentriques, impressions immédiates, réminiscences, images, ratiocinations de toutes sortes, que prolonge encore, par-delà, le flux des paroles servant à les exprimer. De ce point de vue, rien ne paraît — même du seul aspect physique — plus semblable à un *continuum*, que le verbe proustien : fonctionnement ininterrompu de l'activité élocutoire, qui semble continuer indéfiniment le mouvement d'amplification de la pensée, comme une inondation qui, sans laisser nulle part de vide, créerait partout son espace en débordant.

VI

Mais cet espace, ce continu qui se crée et se gonfle, quel est-il ?

Pour le comprendre, il n'y a peut-être rien de mieux à faire qu'à se rappeler les lignes si belles et si chargées de sens, que Proust, tout à la fin de l'épisode de la madeleine, a consacrées à la résurrection, dans sa pensée, de l'image de Combray :

> *Et comme dans ce jeu où les Japonais s'amusent à tremper dans un bol de porcelaine rempli d'eau, de petits morceaux de papier, jusque-là indistincts qui, à peine y sont-ils plongés, s'étirent, se contournent, se colorent, se différencient, deviennent des fleurs, des maisons, des personnages consistants et reconnaissables, de même maintenant toutes les fleurs de notre jardin et celles du parc de M. Swann, et les nymphéas de la Vivonne, et les bonnes gens du village et leurs petits logis*

et l'église et tout Combray et ses environs, tout cela qui prend forme et solidité, est sorti, ville et jardins, de ma tasse de thé [72].

Texte merveilleux, où ce qui resurgit dans le vide de la conscience, comme un monde détruit et soudain recréé, c'est d'abord la multitude bigarrée du réel, foule d'objets humains et floraux, qui se répandent de toutes parts dans la ville, les jardins et la campagne, mais c'est encore, en sa totalité, Combray lui-même, c'est-à-dire le lieu qu'occupaient et que réoccupent ces objets ; comme si le lieu lui-même, sous l'action oblitérante et rétrécissante de l'oubli, s'était contracté en le plus petit espace possible, et que maintenant, sous l'impulsion inverse de la mémoire restauratrice et amplificatrice, il se dépliait à nouveau, remplissait son ancien cadre, retrouvait sa stature. Création ou recréation de l'espace, le phénomène de la madeleine a donc pour couronnement la reconstitution intégrale du lieu. Telle est la raison du contraste qu'on trouve entre les deux descriptions de Combray, placées par Proust l'une après l'autre, au début de son ouvrage ; la première étant la description sommaire d'un lieu dont ne subsiste alors, dans la mémoire du héros, qu'un infime débris (« C'est ainsi que pendant longtemps, quand, réveillé la nuit, je me ressouvenais de Combray, je n'en revis jamais que cette sorte de pan lumineux, découpé au milieu d'indistinctes ténèbres [78] ») ; tandis que la seconde description, issue pour ainsi dire directement, par voie de cause à conséquence, du grand mouvement mnémonique déchaîné par le phénomène de la madeleine, présente triomphalement un lieu entièrement reconquis sur l'oubli. Rien donc de plus frappant que le contraste établi par Proust entre une pensée impuissante, comme dit Mallarmé, à « regonfler des souvenirs divers », et l'essor soudain pris par cette même pensée, quand une grande expérience intérieure lui rend son efficacité. Efficacité qui, sans doute, consiste d'abord dans le pouvoir de se retracer, avec la même force et la même fraîcheur que jadis, tant d'images différentes nées d'un même passé et reliées les unes aux autres comme une grappe multicolore ; mais qui tient aussi, et plus encore, au pouvoir d'élargir à nouveau le champ de la conscience et de rendre toute son amplitude au lieu où précisément la grappe d'images avait son lieu. Ainsi un extraordinaire changement s'accomplit dans les dimensions mêmes du site qui est le cadre où se déroule la première action du roman. Comme celui-ci, pour ce qui regarde la durée, part de l'unité temporelle la plus brève qui soit, un simple moment de conscience, mais pour redécouvrir ensuite une immense étendue de vie, de la même façon, pour ce qui est de l'espace, le roman proustien prend son point de départ dans un lieu aussi étroit que possible et comparable au volume minuscule d'une tasse de thé ; mais c'est pour le transformer aussitôt en un lieu assez spacieux pour contenir une ville, une église, des jardins, une campagne avoisinante, c'est-à-dire un vaste espace, qui, cependant, était contenu, comme le maximum dans le minimum, en l'espace initial le plus restreint.

Dès l'abord, le roman de Proust commence par une double reconquête : reconquête du temps perdu, reconquête de l'espace perdu. Or, s'il en est ainsi, l'on pourrait se demander à quoi sert l'immense développement qui vient par la suite. Puisque le résultat cherché est obtenu dès le début, pourquoi continuer, pourquoi ne pas se contenter de cette double victoire quasi instantanée ? C'est peut-être que cette victoire est plus apparente que réelle, et qu'au fond, presque jusqu'au bout du roman de Proust, ni le temps ni l'espace ne sont réellement ou complètement retrouvés.

Du caractère fallacieux de la victoire remportée par l'esprit sur la durée, il suffit de peu de réflexions pour se rendre compte. Car ce qui est retrouvé, ce n'est pas le temps, ce ne sont que quelques moments dans le temps. Le pouvoir ressuscitateur de la mémoire affective ne s'étend pas dans la durée à une grande distance au-delà du moment vécu qui en constitue le foyer. Les moments, nous le savons, sont des vases clos, abandonnés tout au long de l'existence ; et que quelques-uns d'entre eux soient fortuitement retrouvés par la suite, cela n'implique nullement que l'esprit puisse reprendre possession des autres, ni surtout de l'ensemblée de durée, le long duquel ces brèves entités encloses sur elles-mêmes ont été à tour de rôle déposées ; pas plus d'ailleurs qu'il ne se trouve capable de fondre en un tout, en un bloc continu de durée, ces moments qui ont précisément pour essence d'exister en eux-mêmes et de ne pas se relier aux autres. De sorte que les résurrections proustiennes, si nombreuses qu'elles puissent être (et elles sont, au contraire, fort rares), ne peuvent jamais reconstituer le temps, ni lui donner ce qu'il n'est peut-être pas de sa nature d'avoir, une continuité.

Or, une fois de plus, il faut constater ici le rigoureux parallélisme qui existe chez Proust entre la dialectique du temps et celle de l'espace. Si le phénomène de la mémoire involontaire a pour effet de restituer des moments perdus, il restitue aussi des lieux perdus. Et de la même façon que les moments retrouvés maintiennent à travers le temps, sans se confondre avec lui, leurs petites durées particulières (tel ce bruit de sonnette qui continuait de tinter sans discontinuité dans la mémoire du héros après tant d'années), de même les lieux perdus, oubliés, fragmentés, se retrouvent tels qu'ils étaient, réoccupant leur propre espace. Quelles que soient cependant les variations de l'image qu'ils présentent, ces lieux ne s'incorporent ni à l'espace externe, ni à la durée. Leur continuité est celle de leur persistance à être, comme elle est aussi celle de l'espace pour ainsi dire *privé*, à l'intérieur duquel, tour à tour se rétrécissant et se gonflant, ils restent clos. Que Combray tout entier, sortant d'une tasse de thé, réoccupe l'étendue qui était la sienne, cette étendue ne se rattache pas au reste de l'espace. A l'instar des moments retrouvés, les lieux retrouvés restent des entités isolées, entre lesquelles il n'y a rien. Le miracle de la madeleine n'a pas plus le pouvoir de fonder un espace que de fonder une durée. Il ne peut que faire surgir de la profondeur de l'esprit l'image de lieux clos, comme de moments clos.

En un mot, lorsque, par le phénomène de la mémoire involontaire l'être proustien reprend possession de ses moments et de ses lieux perdus, il n'a pas encore résolu son problème. Tout reste encore à faire. Et il reste en particulier à construire un espace, en n'ayant pour ce faire qu'une poignée de lieux disséminés, qui s'obstinent à exister chacun de leur « côté », à distance, sans le moindre rapport entre eux.

VII

Comment mettre en rapport des lieux qui n'existent qu'indépendamment les uns des autres ?

Par le mouvement local, le déplacement dans l'espace.

De tous les mouvements de ce genre, celui qui se trouve le plus en évidence dans l'univers proustien, c'est le voyage.

Petits voyages à pied, promenades du côté de Méséglise ou le long de la Vivonne ; excursions le long de la côte normande dans la voiture de Madame de Villeparisis, ou, en auto, avec Albertine ; voyages en tortillard à Rivebelle ou à la Raspelière, chez les Verdurin ; voyages imaginaires à Florence, à Venise ; voyages réels à Balbec, à Doncières, à Venise encore ; toute l'œuvre proustienne est pleine de ces déplacements. Ils y tiennent une place au moins aussi importante que les souvenirs. Entre ceux-ci et les voyages il y a d'ailleurs une incontestable analogie. Les uns et les autres sont des événements qui rompent l'inertie du corps et la paresse de l'esprit. Ils créent un nouveau point de départ en transportant l'être en dehors du lieu matériel ou spirituel dans lequel il semblait astreint à vivre. Surtout, voyages et souvenirs mettent brusquement en rapport des régions de la terre ou de l'esprit qui, jusqu'alors, étaient sans relation aucune.

Il y a même dans l'expérience du voyage quelque chose de plus merveilleux encore que dans le souvenir. Car ce dernier ne joint que des choses qui se ressemblent. Au contraire, le voyage fait voisiner des lieux sans similitude. Il relie des sites qui appartenaient à des plans différents d'existence.

On ne saurait donc assez insister sur le caractère surprenant, et même véritablement inouï, du voyage, dans l'œuvre proustienne.

Car il rompt une loi ; il enfreint une règle qui, chez Proust, a une sphère d'application littéralement universelle ; et, de ce fait, il change l'aspect de l'univers. Le voyage bouleverse l'apparence des choses. Plus précisément, il altère gravement la situation dans laquelle elles existent les unes par rapport aux autres. Avant lui, les lieux étaient comme des vases clos entre lesquels les distances mettaient des barrières infranchissables. Et voici que ces barrières tombent, que les distances s'abolissent, qu'à l'isolement des lieux succède une sorte de voisinage. Rien donc de plus déconcertant que la métamorphose de l'espace déterminée par l'expérience du voyage. Il est vain de vouloir la justifier, l'expliquer, tenter d'éliminer la contradiction qu'elle implique. L'expérience du voyage est aussi inexplicable chez Proust que l'expérience du souvenir. Inespérée, impréparée et explicitement contraire à toute expérience antécédente, elle surgit tout à coup, comme une grâce céleste, pour sauver l'être qui l'éprouve, sinon du désespoir, au moins de la paralysie. Tout voyage, même sans tapis volant, est pour Proust une action magique.

Magique, ou, si l'on veut, surnaturelle. Rien qui ressemble plus, en effet, que le voyage proustien, à la façon dont, au dire des théologiens, les anges se déplacent. Pour saint Bonaventure ou saint Thomas, l'ange, en passant d'un endroit à un autre, n'a nul besoin de traverser un milieu intermédiaire. Il est ici dans cet instant, et il est là-bas dans l'instant suivant. La distance n'est pas dévorée. Elle est plutôt supprimée. L'être angélique joint d'un coup, et sans qu'il y ait le moindre entre-deux, les lieux les plus éloignés.

L'être proustien fait exactement de même :

Mais enfin le plaisir spécifique du voyage n'est pas de pouvoir descendre en route et s'arrêter quand on est fatigué, c'est de rendre la différence entre le départ et l'arrivée non pas aussi insensible, mais aussi profonde qu'on peut, de la ressentir dans sa totalité, intacte, telle qu'elle était en nous quand notre imagination nous portait du lieu où nous vivions jusqu'au cœur d'un lieu désiré, en un bond qui nous semblait moins miraculeux parce qu'il franchissait une distance que parce qu'il unissait deux individualités distinctes de la terre... [74].

Bref, le voyage idéal est, pour Proust, celui qui, abolissant d'un coup les distances, place côte à côte, comme s'ils étaient contigus et même communicants, deux de ces lieux dont l'originalité faisait pourtant qu'ils semblaient devoir exister pour toujours à part l'un de l'autre, sans possibilité de communication.

Ainsi il est juste de dire que l'expérience du mouvement change les lois de l'univers. Car la première d'entre elles, celle qui était inscrite au fronton même de l'œuvre, c'était qu'il y avait, d'un côté, Méséglise, et de l'autre, Guermantes, et qu'il était inconcevable que les côtés pussent jamais être joints. Mais il suffit, après être allé à pied, de monter en voiture, ou d'échanger un véhicule lent contre un véhicule rapide, pour que les dimensions du temps et de l'espace soient changées : « Un village qui semblait dans un autre monde que tel autre, *devient son voisin* [75]. » Méséglise devient voisine de Guermantes. Elles se retrouvent proches l'une de l'autre dans un après-midi commun et dans un monde commun.

Les lieux ne sont donc plus irrémédiablement isolés ; ils ne sont plus condamnés à n'être accessibles que par un côté unique, lui-même exclusif de tous les autres. Les lieux se tiennent. Leurs côtés se touchent. Le mouvement permet de passer des uns aux autres. Nous ne sommes plus dans un univers où dominent l'incommunicabilité et la distance. On dirait que, sans rien perdre de leur originalité propre, mais animés du besoin social de se rapprocher, de se grouper, d'établir entre eux des relations de bon voisinage, les lieux s'efforcent de réduire, voire même de faire disparaître, l'intervalle qui les séparait. Et l'effet le plus marquant du mouvement par lequel le voyageur (imaginaire ou réel) passe d'un lieu à l'autre, c'est qu'il semble transmettre aux lieux mêmes la mobilité et l'activité unificatrice qui l'anime, de telle façon que ces lieux, eux aussi, entrent en branle, et, comme poussés par un profond instinct de grégarité, se resserrent les uns contre les autres.

De cette transmission du mouvement aux lieux mêmes, l'exemple le plus fameux est assurément celui des clochers de Martinville. Il a souvent été étudié, parfois excellemment, comme par Du Bos et par Bernard Guyon. Mais ce dont peut-être les commentateurs n'ont pas fait la remarque, c'est que primordialement cet épisode exprime un mouvement de conjonction, et cela non pas seulement de la part du voyageur vis-à-vis du paysage, mais de la part des différentes parties du paysage à l'égard les unes des autres. Car l'espèce de remous déchaîné dans la perspective par les variations constantes du point de vue, en raison des lacets du chemin suivi par la voiture (que celle-ci soit celle, tirée par un cheval, du docteur Percepied, dans le roman proprement dit, ou l'auto conduite par le chauffeur Agostinelli, dans la version du *Figaro* et de *Pastiches et Mélanges*, peu importe), cette espèce de remous a pour conséquence immédiate et essentielle, non pas de produire, comme dans le cas du réveil nocturne, un vacillement ou tourbillonnement du paysage, mais au contraire, comme dans un tableau de Cézanne, où toutes les lignes et masses prennent un sens, de faire en sorte que les divers éléments libérés profitent de leur mobilité fraîchement acquise pour se hâter de se rapprocher et de composer entre eux.

Et rien n'est plus caractéristique de cette hâte et de ce besoin d'union, que le mouvement du troisième clocher, celui de Vieuxvicq, situé d'abord à quelque distance des deux autres. Par deux fois, dans les deux versions de l'incident, qui se suivent dans le texte du roman, l'auteur a tenu, comme pour lui faire honneur, à citer à part le clocher de Vieuxvicq, à mettre en relief l'effort plus grand et, par conséquent, plus méritoire, qu'il accomplit, pour se rapprocher des deux autres tours :

Au tournant d'un chemin j'éprouvai tout à coup ce plaisir spécial qui ne ressemblait à aucun autre, à apercevoir les deux clochers de Martinville, sur lesquels donnait le soleil couchant et que le mouvement de notre voiture et les lacets du chemin avaient l'air de faire changer de place, puis celui de Vieuxvicq qui, séparé d'eux par une colline et une vallée, et situé sur un plateau plus élevé dans le lointain, semblait pourtant tout voisin d'eux [76].

Or s'il devient voisin d'eux, c'est par un mouvement dont le dynamisme est admirablement rendu dans la seconde version :

Seuls, s'élevant du niveau de la plaine et comme perdus en rase campagne, montaient vers le ciel les deux clochers de Martinville. Bientôt nous en vîmes trois : venant se placer en face d'eux par une volte hardie, un clocher retardataire, celui de Vieuxvicq, les avait rejoints [77].

Jonction de sites jusque-là séparés, unification profonde de formes auparavant disséminées dans l'espace, telle est la leçon donnée par les trois clochers : « Je les vis, dit Proust, timidement chercher leur chemin et, après quelques gauches trébuchements de leurs nobles silhouettes, *se serrer les uns contre les autres*, glisser l'un derrière l'autre, ne plus faire sur le ciel encore rose *qu'une seule forme noire* [78]... » — La vision finale des trois clochers, donnée par Proust, a donc pour objet une forme unique, parfaite, totale, forme en laquelle se sont résorbées les trois formes antécédentes, et dernier état du mouvement par lequel celles-ci ont constamment changé de position et même de direction. Ce changement de direction est spécialement remarquable. Tout se passe comme si, pour arriver à l'unité terminale, il n'avait pas fallu seulement un mouvement impliquant tout le paysage, mais encore un mouvement d'une espèce particulière, celui même par lequel les lacets de la route et les virages de la voiture faisaient changer sans cesse les clochers de place, c'est-à-dire leur faisaient occuper successivement des points différents et même opposés de l'espace. Or on pourrait ne voir là qu'une caractéristique contingente et fortuite de l'événement en question, si, dans plusieurs autres passages essentiels de Proust, les mêmes conditions et la même espèce particulière de mouvement ne se retrouvaient pour aboutir à un effet final identique.

On les retrouve, par exemple, dans la description d'un lever de soleil admiré par le personnage central, quand il se rend en train à Balbec. La voie ferrée étant aussi sinueuse que la route en lacets conduisant à Martinville (et que plus tard celle suivie par le « tortillard » le long de la côte normande), il en résulte que par un mouvement d'oscillation analogue à celui décrit dans le cas précédent, la perspective est sans cesse renversée, et que les points opposés du paysage semblent à chaque instant échanger leurs places :

> *La ligne du chemin de fer ayant changé de direction, le train tourna, la scène matinale fut remplacée dans le cadre de la fenêtre par un village nocturne... Je me désolais d'avoir perdu ma bande de ciel rose quand je l'aperçus de nouveau, mais rouge cette fois dans la fenêtre d'en face qu'elle abandonna à un deuxième coude de la voie ferrée ; si bien que je passais mon temps à* courir d'une fenêtre à l'autre pour rapprocher, pour rentoiler les fragments intermittents et opposites *de mon beau matin écarlate et versatile et* en avoir une vue totale et un tableau continu [79].

Passage d'une importance presque sans égale, puisqu'il nous renseigne sur l'intention finale du mouvement proustien. Il ne s'agit plus seulement ici de relier deux objets l'un à l'autre, il s'agit de les rapprocher de telle sorte, qu'à eux deux, qui sont opposites, fragmentaires et bornés dans le temps comme dans l'étendue, ils forment une totalité et une continuité. Totalité, continuité, qui sont obtenues, un peu comme chez Nicolas de Cues ou chez Pascal, par la coïncidence des contraires. Le jour et la nuit, le proche et le lointain, la gauche et la droite, bref, l'éternel côté de Guermantes et l'éternel côté de Méséglise apparaissent ici enfin comme conciliés, unifiés. Et le plus étrange, c'est que cette unification est obtenue, non par une simplification, mais au contraire, par une multiplication des aspects offerts par les objets opposés ; comme si c'était seulement en prenant conscience de l'inépuisable variété qu'ils présentent, qu'on pût arriver à comprendre leur vraie nature, ainsi que la nature des rapports qu'ils entretiennent avec les objets auxquels ils s'opposent et font pendant.

Ainsi les objets, les êtres, les lieux perdent leur exclusivité, sans perdre leur originalité. Chaque chose est en rapport avec une infinité d'autres ; chaque être comme chaque lieu offrent une infinité de positions possibles, de l'une à l'autre desquelles on les voit passer. Ni un objet, ni un être, ni un lieu ne se trouvent jamais tout entiers *d'un côté*, mais de l'un, et de l'autre, et de tous les côtés. Chaque être, chaque chose, chaque site sont semblables à cette ville dont parle Proust, « qui pendant que le train suit sa *voie contournée*, nous apparaît tantôt à notre droite, tantôt à notre gauche [80] ». Cela était vrai des clochers de Martinville ; cela l'était aussi du lever de soleil, regardé tantôt par une portière du train, tantôt par l'autre ; et cela l'est, en somme, de tous les sites perçus dans ce mouvement essentiellement sinueux, qui en fait voir les aspects divers. C'est alors que « *les chassés-croisés de la perspective* font jouer un château aux quatre coins avec une colline, une église et la mer [81] ». — D'un autre lieu, Proust écrit : « A chaque *tournant* une partie nouvelle s'y ajoute [82]. » — A chaque tournant du chemin, à chaque tournant de l'existence. Car ce ne sont pas seulement les chemins physiques qui décrivent des courbes parfois surprenantes, et les clochers ou châteaux ne sont pas les seuls objets que notre mouvement fasse pivoter avec le paysage qui les entoure (comme une femme qui tournerait sur elle-même pour se montrer à nous dans une nouvelle toilette ; souvent ceux que nous connaissions (ou croyions connaître), deviennent d'autres êtres, « dès que nous les abordons par un côté différent[83] ». Telle Gilberte, telle Albertine, tels, dit Proust, les Guermantes, toujours en train de « surgir *d'un côté ou d'un autre* des hasards et des *sinuosités* de ma vie, *comme un château qu'en chemin de fer on réaperçoit tantôt à sa gauche, tantôt à sa droite*[84] ».

Une double sinuosité affecte donc finalement l'espace : sinuosité des aspects présentés par l'objet contemplé ; sinuosité du chemin suivi par l'œil du spectateur mobile (comme ce regard qu'un mouvement inquiet de curiosité douloureuse force à changer sans cesse de point de vue, et que Proust appelle « les *feux tournants* de la jalousie[85] ».

Pour que ce phénomène ait lieu, il n'est parfois nul besoin de se mouvoir soi-même, ou d'être dans un véhicule en mouvement. Ainsi il suffit de regarder la lumière du soleil se déplacer sur un paysage, pour que celui-ci se modifie graduellement devant nos yeux, comme si nous tournions tout autour pour le mieux voir :

Quand le matin, le soleil venait de derrière l'hôtel, découvrant devant moi les grèves illuminées jusqu'aux premiers contreforts de la mer, il semblait m'en montrer un autre versant et m'engager à poursuivre sur la route tournante *de ses rayons, un voyage immobile et varié à travers les plus beaux sites du paysage accidenté des heures* [86].

Que sera le roman proustien pris dans sa totalité, sinon cela, un immense paysage dont la lumière tournante fait apparaître successivement les multiples aspects ? si bien que le déplacement sinueux qui en change constamment l'éclairage, n'est pas une caractéristique fortuite, une négligence ou une idiosyncrasie de l'écrivain ; c'est une *méthode*, au sens cartésien de ce terme, c'est-à-dire un ensemble de démarches raisonnées pour approximer la réalité.

VIII

Parmi les épisodes riches en changements de perspective qui abondent dans *A la recherche du temps perdu*, il n'en est pas de plus gonflé de détails de toutes sortes, que celui où l'on voit le héros s'approcher de la joue d'Albertine pour l'embrasser.

Quoique fort longue, cette scène est si curieusement nuancée qu'il faut la citer dans son intégralité :

Au fur et à mesure que ma bouche commença à s'approcher des joues que mes regards lui avaient proposé d'embrasser, ceux-ci se déplaçant virent des joues nouvelles ; le cou, aperçu de plus près et comme à la loupe, montra dans ses gros grains, une robustesse qui modifia le caractère de la figure.

Les dernières applications de la photographie

— *qui couchent aux pieds d'une cathédrale toutes les maisons qui nous parurent si souvent, de près, presque aussi hautes que les tours, font successivement manœuvrer comme un régiment, par files, en ordre dispersé, en masses serrées, les mêmes monuments, rapprochent l'une contre l'autre les deux colonnes de la Piazzetta tout à l'heure si distantes, éloignent la proche Salute et dans un fond pâle et dégradé réussissent à faire tenir un horizon immense sous l'arche d'un pont, dans l'embrasure d'une fenêtre, entre les feuilles d'un arbre situé au premier plan et d'un ton plus vigoureux, donnent successivement pour cadre à une même église les arcades de toutes les autres — je ne vois que cela qui puisse, autant que le baiser*, faire surgir de ce que nous croyions une chose à aspect défini, les cent autres choses qu'elle est tout aussi bien, *puisque chacune est relative à une perspective non moins légitime. Bref, de même qu'à Balbec, Albertine m'avait souvent paru différente, maintenant — comme si, en accélérant prodigieusement la rapidité des* changements de perspective *et des changements de coloration que nous offre une personne dans nos diverses rencontres avec elle, j'avais voulu les faire tenir toutes en quelques secondes pour recréer expérimentalement* le phénomène qui diversifie l'individualité d'un être *et* tirer les unes des autres, comme d'un étui, toutes les possibilités qu'il enferme — *dans ce court trajet de mes lèvres vers sa joue, c'est dix Albertine que je vis ; cette seule jeune fille étant comme une déesse à plusieurs têtes, celle que j'avais vue en dernier, si je tentais de m'approcher d'elle, faisait place à une autre* [87].

Si singulier que cela puisse sembler, il y a une manifeste analogie entre le comportement des joues d'Albertine et celui des clochers de Martinville dans le passage cité plus haut. D'un côté comme de l'autre, le spectateur est témoin d'un étonnant changement de perspective, où l'espace entier conspire, et que détermine un mouvement dont la fin devrait être la jonction d'éléments préalablement séparés. Mais alors que, dans le cas des tours de Martinville, ce qui était disséminé se resserre, et ce qui était séparé s'unit, il n'en va nullement de même dans l'épisode qu'on vient de lire. Là, le déplacement des éléments composants n'a pas pour effet d'en réduire le nombre ou d'en simplifier les aspects. Une multiplicité stupéfiante s'y révèle. Loin d'aboutir à un échec, l'expérience a pour conséquence directe un excès de richesse. Néanmoins, il est clair que le résultat de l'opération n'est plus, comme dans l'autre cas, une synthétisation du réel, mais au contraire, une sorte d'éclatement de celui-ci en une multitude d'aspects, dont chacun attire également le regard. En un mot, « d'une chose à aspect défini » sortent « les cent autres choses qu'elle est tout aussi bien ». Sous l'empire d'un processus de renouvellement qui, *de tous côtés*, fait se lever de nouveaux aspects de l'être, celui-ci s'accroît de tous les possibles. L'on dirait qu'ainsi qu'il est arrivé plus d'une fois dans l'histoire des hommes, l'explorateur de l'espace a découvert un monde fabuleusement riche, mais qui n'est précisément pas celui qu'il voulait découvrir. Poussé par un besoin profond d'unité, voulant à tout prix faire cesser l'isolement dans lequel s'enfermait, dans son univers, toute individualité originale, Marcel Proust avait inventé une méthode qui n'avait d'autre fin que d'établir partout des rapprochements. Or voici que dans l'acte même par lequel les êtres se rapprochent, ils se dédoublent, se décuplent, font apparaître une variété d'apparences, de l'une à l'autre desquelles l'esprit est sans cesse renvoyé. Dans la mesure même où les êtres révèlent l'inépuisable diversité d'aspects qui est en eux, ils se soustraient au regard. A force de se révéler, ils se dérobent. Albertine décuplée, multipliée, c'est déjà Albertine disparue. L'image vraie se perd au milieu d'une foule de masques. Y a-t-il même une image vraie ? Incapable de choisir entre tant d'incarnations, toutes à la fois si vraies et si trompeuses, l'esprit se trouve assailli par une pluralité folle qu'il a lui-même déchaînée, et, — ironie particulière —, déchaînée à la suite d'une action qui, il l'espérait, allait le conduire, tout au contraire, à l'unité.

L'expérience du mouvement aboutit donc à une manière de défaite. Tout au long du roman proustien, en dépit des fréquents endroits où l'auteur, cédant à la tentation, a pour ainsi dire livré son texte à l'envahissement d'une flore adventice, l'on sent sa méfiance à l'égard d'une prolifération qu'il savait difficile à arrêter. Mieux vaut ne pas mêler les côtés, éviter les rencontres trop fécondes, garder les choses et les êtres dans leur isolement caractéristique. N'y a-t-il pas moyen toutefois de disposer les côtés de telle façon que, sans rien perdre de leur individualité et de leur indépendance, ils ne manifestent plus les uns envers les autres la même exclusivité et le même éloignement ? Ne peut-on les placer côte à côte, dans une proximité, qui ne serait pas une identité ? Telle est la nouvelle solution à son problème, que Proust essaie de mettre en pratique. Après la méthode du *déplacement*, reste celle de la *juxtaposition*.

IX

Or, qu'est-ce que juxtaposer ?

C'est poser une chose *à côté* d'une autre.

A côté, et non pas au-dessus ! Il faut, en en effet, distinguer soigneusement la juxtaposition de son analogue, la superposition. L'une et l'autre impliquent la présence de deux réalités contiguës, mais non fondues, placées de telle sorte que l'esprit va de l'une à l'autre sans les confondre comme sans les multiplier. Mais la juxtaposition suppose la simultanéité des réalités conjointes, tandis que la superposition requiert la disparition de l'une pour qu'ait lieu l'apparition de l'autre.

Proust a hésité plus d'une fois entre ces deux procédés.

Celui de la superposition n'est-il pas le plus juste, c'est-à-dire celui qui reproduit le plus adéquatement le caractère essentiellement temporel de l'existence ? « Notre moi est fait, écrit Proust, de la *superposition de nos états successifs*[88]. » Ce qui est vrai de nous-mêmes, l'est plus encore de l'image, ou plutôt de la suite d'images présentées par les êtres que nous connaissons. C'est ainsi que le personnage central du roman proustien parle quelque part de « *la superposition des images successives* qu'Albertine avait été pour lui[89] » ; expérience qui lui était déjà arrivée dans ses rapports avec la duchesse de Guermantes, en qui, dit-il, il avait vu « tant de femmes différentes *se superposer, chacune disparaissant quand la suivante avait pris assez de consistance*[90] ».

Superposer les images successives des êtres, c'est donc agir comme le fait le temps ; c'est ensevelir ce qui n'est plus, pour faire place à ce qui vient à être. La superposition est l'acte par lequel, en s'étalant, en occupant toute la surface, en faisant disparaître sous sa masse les images antérieures, le moment actuel consomme sa victoire sur le passé ; et, du même coup, celui par lequel, en se laissant enterrer, le passé reconnaît sa défaite. Toute œuvre qui essaie de reproduire ce double mouvement d'envahissement et d'enfouissement, use d'une forme ou l'autre de superposition. Chaque page nouvelle y a pour fin de *recouvrir* la page précédente. On songe à certains poèmes de Keats, à Pater, aux *Nourritures terrestres*, aux romans de Virginia Woolf ; on songe à la philosophie bergsonienne.

Il faut avouer qu'il n'y a rien qui ressemble moins à l'expérience proustienne du réel.

L'expérience de Proust n'est aucunement celle d'un ensevelissement du passé sous le présent ; bien au contraire, c'est celle d'un resurgissement du passé, en dépit du présent. Aussi Proust rêve-t-il d'une espèce de superposition périodiquement ou irrégulièrement rompue par un phénomène inverse de soulèvement. Il conçoit une superposition de type géologique et plutonien, sorte de stratification instable, où, de temps à autre, « les soulèvements font affleurer à la surface des couches anciennes[91] ». Ou bien il imagine une disposition semblable à celle de la lanterne magique. Bien entendu, pour ce qui regarde son fonctionnement interne, la lanterne magique a un processus qu'on ne saurait confondre avec la superposition. Elle ne recouvre pas, elle remplace. Au moment précédent, par un mouvement haché, interrompu et saccadé, qui d'ailleurs devait plaire à Proust davantage que le glissement fluide et continu des images cinématographiques, elle substitue un moment suivant, qui implique l'anéantissement total de celui qui le précède. L'univers proustien n'est donc pas celui de la lanterne magique ; ou, si l'on veut, il est celui-ci, mais à condition d'imaginer les différentes plaques de verre peint, non dans le mouvement qui les projette les unes *après* les autres sur une surface, mais arrangées les unes *à côté* des autres dans un ordre simultané. Somme toute, les verres de la lanterne offrent une collection de *vitraux*, comme l'église de Combray.

Mais les vitraux sont juxtaposés ; ils ne sont ni superposés, ni substitués.

Il est vrai que, vu sous un certain angle, le phénomène de la lanterne magique offre l'exemple inattendu, bouleversant, et néanmoins profondément fascinant, d'une *superposition juxtaposante*. En projetant une image sur un mur, la lanterne recouvre le mur, mais elle ne le voile pas ; si bien que l'image et le mur apparaissent simultanément l'un au-dessous de l'autre. Le corps de Golo ne cache pas le bouton de porte. De même, ne serait-il pas possible d'imaginer un monde, où l'opacité ordinaire des êtres, des lieux, des moments, aurait fait place à une certaine transparence, en sorte qu'en plongeant le regard dans la profondeur de sa propre existence, on pourrait voir les diverses époques de celle-ci s'étager comme les alvéoles dans une ruche d'abeilles ? N'est-ce pas là un peu la vision finale qu'ont d'eux-mêmes ces géants flageolants du *Temps retrouvé*, juchés par Proust sur des hauteurs faites de couches successives et semi-transparentes de durée ? Quoi qu'il en soit, le thème de la lanterne magique, placé par Proust au début de son œuvre, comme celui des marionnettes l'est par Goethe au commencement de son *Wilhelm Meister*, a, semble-t-il une mission définie, celle d'exprimer un paradoxe sur lequel se fondera le roman proustien : la simultanéité du successif, la présence, dans le présent, d'un *autre* présent : le passé.

Le roman proustien est souvent cela : une série d'images qui, de la profondeur où elles sont enfouies, remontent au jour. Une lutte pour la vie éclate alors entre elles et celles qui occupaient la surface. Il en résulte parfois un vertige, cette vacillation des lieux et des temps, dont nous avons parlé au début.

Mais nous savons que l'œuvre proustienne ne cherche nullement à se cantonner dans cette zone confuse où s'affrontent des images enchevêtrées. Il s'agit pour elle, au contraire, d'arriver au maximum de netteté. Or, cela n'est possible que si, renonçant à l'idée d'une représentation verticale du réel, la pensée distribue les différents éléments de celui-ci sur un plan horizontal, c'est-à-dire sur une surface, où, situés les uns à côté et non au-dessus des autres, ils se présentent isolément, distinctement, et néanmoins simultanément, au regard.

Tel est le procédé de juxtaposition. On le trouve employé partout chez Proust, aussi bien pour représenter les images du rêve et du souvenir que celles de la réalité présente :

C'était la saison où le Bois de Boulogne trahit le plus d'essences diverses et juxtapose le plus de parties distinctes en un assemblage composite [92].

Quand dans la rêverie, nous réfléchissons, nous cherchons, pour revenir sur le passé, à ralentir, à suspendre le mouvement perpétuel où nous sommes entraînés, peu à peu nous revoyons apparaître, juxtaposées mais entièrement distinctes les unes des autres, *les teintes qu'au cours de notre existence nous présenta* successivement *un même nom* [93].

Bref, la juxtaposition est le contraire d'un mouvement. C'est un assemblage d'objets qui restent à leur place, en des lieux fixes, tandis que le mouvement dont il vient d'être parlé est un déplacement qui transfère telle image du passé dans le présent, ou qui fait « jouer aux quatre coins » les différentes parties d'un paysage. Dans la juxtaposition, aucune distance n'est franchie, aucun renversement de situation n'est accompli, aucune unification comme aucune multiplication ne sont réalisées. Tout simplement les choses qui existent, se contentent de poursuivre leur existence les unes près des autres, sans se rapprocher comme sans se repousser. Elles s'alignent côte à côte, comme si elles étaient sous la même vitrine.

Or telle est précisément la métaphore dont se sert Proust pour représenter cette combinaison statique : « Dans le nom de Balbec, écrit-il, comme dans le verre grossissant de ces porte-plume qu'on achète aux bains de mer, j'apercevais des vagues soulevées autour d'une église de style persan [94]. » Si le regard s'aide ici d'une espèce de loupe, ce n'est pas pour grossir les objets, c'est plutôt pour les isoler, les mettre en relief et accuser ainsi d'autant plus vivement ce qu'a de surprenant leur présence conjuguée. Dans le nom de Balbec se distinguent, jumelés, deux éléments inassimilables, un rivage de Normandie et le style persan d'une église. Aucun effort n'est fait pour unir ces traits disparates. La pensée se contente de les percevoir ensemble, et de les arranger en un tout composite.

De cette *composition par juxtaposition* un exemple d'une valeur exceptionnelle nous est donné par un autre nom de ville, celui de Florence :

> *Quand mon père eut décidé, une année, que nous irions passer les vacances de Pâques à Florence et à Venise, n'ayant pas la chance de faire entrer dans le nom de Florence les éléments qui composent d'habitude les villes, je fus contraint à faire sortir une cité surnaturelle de la fécondation, par certains parfums printaniers, de ce que je croyais être, en son essence, le génie de Giotto. Tout au plus — et parce qu'on ne peut pas faire tenir dans un nom beaucoup plus de durée que d'espace — comme certains tableaux de Giotto eux-mêmes qui montrent à* deux moments différents de l'action *un même personnage, ici couché dans son lit, là s'apprêtant à monter à cheval, le nom de Florence était-il* divisé en deux compartiments. *Dans l'un, sous un dais architectural, je contemplais une fresque... ; dans l'autre... je traversais rapidement... le Ponte Vecchio encombré de jonquilles, de narcisses et d'anémones* [95].

Peu de passages nous montrent avec autant de netteté le processus de transformation que Proust impose aux images. Dans le nom se trouve enfermé un lieu ; dans le lieu se trouve enfermé un être ; enfin le lieu ainsi nommé et animé, se révélant avoir, comme le Balbec du texte précédemment cité, deux attributs principaux, à savoir son aspect printanier et floral, et sa réputation de ville d'art, il en résulte que le rêveur s'imagine lui-même au centre de deux scènes, où il se voit, premièrement, en train de contempler des fresques, et, en second lieu, au milieu des fleurs. Ces deux scènes, évoquent nécessairement des aspects successifs du séjour supposé fait par le rêveur à Florence ; mais ce qu'il est essentiel de remarquer, c'est que, résumant ce séjour en deux « moments différents de l'action », qui prétendent en exprimer les beautés et les jouissances, le rêveur les représente d'une façon qui, elle, n'est aucunement successive, puisqu'elle consiste en le rangement, l'un à côté de l'autre, de deux tableaux d'égale importance et tels que l'ordre dans lequel ils sont présentés, pourrait être inversé. Aussi comment ne pas songer ici à ces tableaux, ou mieux encore, à ces fresques de Giotto, auxquels renvoie lui-même l'auteur, où le peintre s'est attaché à retracer une suite d'épisodes dans la vie d'un certain saint personnage, de telle manière que celle-ci, au lieu d'être narrée, comme par l'hagiographe d'une *Légende dorée*, dans la continuité de sa durée, est simplement exposée dans un petit nombre de scènes exemplaires reflétant la diversité des aventures ou le nombre des vertus de celui qui en est le sujet ? A la place d'une courbe d'existence, une séquence composée de scènes isolées, dont chacune a sa signification propre, et qui ont pour seul trait commun de se rapporter à une même personne, dont les hauts faits, bien compartimentés, ont l'air d'être placés là les uns à côté des autres dans un ordre purement simultané. Sans doute, dans le cas de Giotto, nous nous trouvons en présence d'une *série* de tableaux, tandis que dans celui de la rêverie provoquée par le nom de Florence, la pensée inventrice du personnage proustien ne va pas au-delà du double panneau. Mais il n'est pas sans intérêt de surprendre l'imagination proustienne en son début, au moment où elle se contente encore d'introduire un minimum de pluralité dans sa reconstruction des événements de la vie réelle ou du rêve. Plus tard, augmentant le nombre des scènes qu'elle dépeint, elle se métamorphosera en un édifice couvert de fresques, en une galerie pleine de tableaux.

Forme essentielle de la pensée créatrice chez Proust, et qu'on peut encore distinguer dans telle lettre de Proust à Reynaldo Hahn, accompagnée d'un dessin figurant une double scène inscrite dans les deux parties d'un vitrail. On le voit, c'est le plus spontanément du monde que, pour se figurer ce qu'elle invente ou se rappelle, la pensée proustienne adopte la forme d'un assemblage de deux ou plusieurs tableaux. De ce point de vue, le personnage central d'*A la recherche du temps perdu* en agit exactement comme Proust lui-même. Apprenant que le présent duc de Wurtemberg avait pour mère une fille de Louis-Philippe, aussitôt il contemple dans son esprit « *toute une châsse, pareille à celles que peignaient Carpaccio ou Memmling*[97] », où, dans un premier tableau, la princesse apparaît à la noce d'un de ses frères, tandis que dans l'épisode final elle accouche d'un garçon.

La ressemblance avec les textes cités plus haut est frappante. A n'en pas douter, nous avons là un trait spécifiquement proustien, et tel qu'il serait difficile d'en trouver l'équivalent chez aucun grand romancier moderne. Le plus souvent, en effet, ce dernier ne cherche pas à dépeindre des scènes ; c'est l'existence humaine dans son devenir qui lui importe, c'est-à-dire la sorte de chose qui n'apparaît pas *dans* des tableaux, mais seulement *entre* ceux-ci. Tandis que Proust est moins fasciné par la continuité d'une action, que par l'instantanéité d'une attitude, d'une expression, d'un simple « jeu de scène », dont personne mieux que lui ne saisit d'ailleurs les implications. Qu'on se rappelle le côté « voyeur » du personnage proustien, le plaisir qu'il éprouve à surprendre les gens, à épier certains spectacles. Rien ne lui plaît comme de percevoir, dans le cadre d'une fenêtre éclairée, ainsi qu'en ses promenades nocturnes de Doncières, telles « scènes véridiques et mystérieuses d'existences où, dit-il, je ne pénétrais pas [98] ». Observé ainsi du dehors, à intervalles, par une série de coups d'œil qui le découpent, le monde se compartimente, il se divise en une certaine quantité de cases, à l'intérieur de chacune desquelles *se place* une scène différente. De cette disposition en forme de quadrillage un exemple remarquable se trouve dans *Le côté de Guermantes*. Là, le héros, guettant la rentrée du duc et de la duchesse, se poste tout en haut de l'hôtel, dans une chambre d'où on découvre la façade des maisons opposées : « Ainsi chaque cour, dit Proust, fait pour le voisin de la maison, en supprimant le bruit par son intervalle, en laissant voir les gestes silencieux dans un rectangle placé sous verre par la clôture des fenêtres, *une exposition de cent tableaux hollandais juxtaposés*. » Juxtaposés ! N'est-ce pas là, réalisée dans un exemple extrême, la méthode proustienne par excellence ? Celle qui consiste à éliminer la durée, à supprimer la distance, à réduire le monde à un nombre déterminé d'images isolées, contiguës, strictement délimitées, qui, accrochées, pour ainsi dire, à la même cimaise, s'offrent simultanément au regard ? Ce que discerne devant lui, sous la forme d'une juxtaposition de scènes, le contemplateur, ce n'est pas simplement tel coin de l'univers, comme celui qui se découvre du haut de l'hôtel de Guermantes ; c'est le monde proustien tout entier, tel qu'il apparaît au regard, lorsque celui-ci a trouvé son plus satisfaisant point de vue. Les cent tableaux hollandais perçus dans le cadre de toutes les fenêtres qui s'ouvrent sur l'hôtel de Guermantes, sont une figuration des cent autres tableaux juxtaposés, qui, lorsque le lecteur arrive, lui aussi, à se hisser jusqu'à un certain point de vue, se découvrent à lui, non moins simultanément disposés, dans l'ensemble du roman proustien. Et le caractère symbolique de cette vision se trouve considérablement renforcé, dans les lignes qui suivent, par deux nouvelles séries d'images, qui, comme les précédentes, ont pour but exprès de nous faire mieux comprendre ce que c'est qu'un univers proustien, un univers où tout se juxtapose. C'est d'abord l'image d'une maison illuminée de haut en bas, et où se perçoit l'activité des habitants à tous les étages ; l'autre, c'est l'image d'une route de col, dont on distingue tous les lacets.

> *Quand les larges fenêtres carrées (de l'hôtel de Silistrie, qui faisait vis-à-vis), éblouies de soleil, comme des feuilles de cristal de roche, étaient ouvertes pour le ménage, on avait à* suivre aux différents étages *les valets de pied impossibles à bien distinguer, mais qui battaient des tapis, le même plaisir qu'à voir, dans un paysage de Turner ou d'Elstir, un voyageur en diligence ou un guide* à différents degrés d'altitude *du Saint-Gothard* [99].

En ce point, l'imagination proustienne aboutit à une vision qui se rapproche de celle de Piranèse : une figure s'y profile de façon répétée, celle d'un être toujours reconnaissable, mais placé chaque fois dans des conditions différentes, et enclos chaque fois dans une subdivision strictement limitée du réel. De telle sorte que cette figure ressemblante à elle-même en quelque situation qu'elle se trouve, peut être identifiée, soit avec la présence, dans le roman proustien, d'une conscience centrale où tout se reflète, soit encore avec le génie de l'auteur, son activité omniprésente, qui, si variés que soient les épisodes du roman, s'y fait reconnaître isolément et sérialement comme leur principe unificateur. La juxtaposition proustienne n'est donc pas une simple collection de « vues » ou de « scènes » hétérogènes, telles qu'on en trouve trop souvent sous la forme d'une pluralité de tableaux disparates, aux murs de certains musées. C'est, au contraire, une multiplicité unifiée par la présence active d'un même acteur et d'un même auteur.

Et peut-être de cette relation entre la multiplicité et l'unité de l'œuvre, le symbole le plus clair, le plus explicite, le plus délibérément métaphorique de tous, est-il celui de la chambre à coucher de Marcel à Balbec, chambre dont les murs sont recouverts par les panneaux d'une bibliothèque vitrée, dans les glaces de laquelle les couleurs du ciel sont reflétées dans une série de tableaux tous différents :

... *Au moment où j'entrais dans la chambre, le ciel violet... s'inclinait vers la mer sur la charnière de l'horizon comme un tableau religieux au-dessus du maître-autel, tandis que les parties différentes du couchant, exposées dans les glaces des bibliothèques basses en acajou qui couraient le long des murs et que je rapportais par la pensée à la merveilleuse peinture dont elles étaient détachées,* semblaient comme ces scènes différentes que quelque maître ancien exécuta jadis pour une confrérie sur une châsse et dont on exhibe à côté les uns des autres dans une salle de musée les volets séparés que l'imagination seule du visiteur remet à leur place sur les prédelles du retable [100].

Ici l'imagination proustienne a enfin trouvé la métaphore parfaite, celle où l'œuvre se représente au moyen de la forme symbolique la plus adéquate. Car les vitres de la bibliothèque basse de Balbec ne reflètent pas seulement les « parties différentes » du couchant ; elles reproduisent encore et encadrent figurativement les diverses parties du roman entier. Oui, l'œuvre de Proust est faite, elle aussi, d'une série de scènes détachées, découpées dans la trame du réel, de telle façon que presque rien ne subsiste du courant de durée qui y passait. Par contre, « *exhibées les unes à côté des autres* », elles se disposent le long d'une surface, où ce qui était temporel est maintenant étalé. Ainsi le temps cède la place à l'espace. La surface du roman est occupée par la série des prédelles, et cela de telle manière qu'en dépit du découpage, des lacunes et des limites marquées par les cadres, l'imagination saisit immédiatement le principe qui unit les prédelles, et reconstitue la totalité dont elles ne sont que des sections.

La métaphore est donc d'une justesse absolue. Elle n'est d'ailleurs que le développement de comparaisons antérieures. L'image des prédelles est déjà en germe dans la vision de Florence imaginée d'après des fresques de Giotto ; elle se retrouve dans la séquence de tableaux imaginaires, relatifs à la vie d'une grande dame, conçus sous la forme d' « une châsse pareille à celles que peignaient Carpaccio ou Memmling ». Mais c'est tout à la fin de son œuvre que Proust a donné à ce symbole son développement le plus complet. Récapitulant le nombre de personnes qu'ils a rencontrées au cours de son existence, leur variété, l'entre-croisement des fils qui finissaient par les relier, le personnage central du roman écrit ceci :

Ma vie était déjà assez longue pour qu'à plus d'un des êtres qu'elle m'offrait, je trouvasse, pour le compléter, un autre être. Aux Elstir même que je voyais ici à une place qui était un signe de sa gloire, je pouvais ajouter *les plus anciens souvenirs des Verdurin, les Cottard, la conversation dans le restaurant de Rivebelle, la matinée où j'avais connu Albertine, et tant d'autres.*

Et ayant ainsi *ajouté* à la figure actuelle d'Elstir, des versions plus anciennes et toute une suite de témoignages à la fois incomplets et convergents, l'auteur poursuit dans les termes suivants, où se retrouve, enrichi d'une nuance essentielle, le thème de la prédelle et du retable :

Ainsi un amateur d'art à qui on montre le volet d'un retable se rappelle dans quelle église, dans quels musées, dans quelle collection particulière les autres sont dispersés ; ... il peut reconstituer dans sa tête la prédelle, l'autel tout entier [101].

Quel est ici « l'autel tout entier », que

Proust a en vue, sinon l'ouvrage qu'il écrit, pris dans sa totalité ? Paroles d'une importance capitale, puisqu'elles apportent à l'ouvrage en question à la fois sa conclusion et sa définition. Lorsque le roman proustien se termine, quand la conscience qui n'a cessé d'en enregistrer les événements, se trouve en mesure de jeter sur eux un regard final, rétrospectif et élucidateur. alors la multiplicité discontinue des épisodes, pareille jusqu'à ce moment à une série de tableaux isolés et juxtaposés, se trouve faire place dans l'esprit de celui qui en embrasse l'ensemble, à une pluralité cohérente d'images qui se réfèrent les unes aux autres, s'éclairent mutuellement, et, pour tout dire, *se composent*.

On ne peut donc conclure autrement qu'en constatant que le roman proustien *finit* par démontrer sa cohérence interne. Il ne la révèle cependant que le plus tard possible, car elle ne peut que rester invisible jusqu'au moment où le regard rétrospectif se trouve enfin en possession du réseau de références entrecroisées, nécessaires pour comprendre ce qui a lieu. Il y a un moment final où ce qui apparaît n'est plus un assemblage d'épisodes disparates, mais un ensemble, où, au-dessus des prédelles isolées, se discerne une châsse ou un retable. Non que les différents panneaux qui composent l'œuvre entière, s'emmêlent, se fondent, suppriment les intervalles qui les séparent, transforment leur discontinuité en une tardive continuité. Il n'y a pas, et il ne peut pas y avoir de continuité temporelle dans une œuvre qui a pour principes de construction l'intermittence et l'occlusion. L'œuvre proustienne est faite, et reste faite, d'épisodes distincts. Cependant ces épisodes se mettent en rapport, ils échangent leurs informations, se confèrent une sorte d'intelligibilité réciproque. Tout se passe comme si, au lieu de se succéder les uns aux autres, ils se contentaient de s'ajouter simplement au total en cours, à la façon d'une suite de tableaux dont un amateur grossirait constamment sa collection. Ainsi tout finalement dépend d'une mémoire qui n'est nullement la mémoire involontaire : mémoire de l'œuvre totale, mémoire elle-même totale, qui conserve et reproduit l'ensemble des épisodes, comme si ceux-ci n'avaient jamais fait partie du temps, n'avaient jamais été menacés par l'oubli. Intacts, toujours semblables à eux-mêmes, toujours enclos et comme localisés à l'intérieur de leurs cadres, les épisodes du roman proustien se présentent dans un ordre qui n'est pas temporel, puisqu'il est anachronique, mais qui ne peut être autrement que spatial, puisque, comme une rangée de pots de confiture dans les armoires magiques de notre enfance, il dispose une série de vases clos dans les cavernes de l'esprit.

En un mot, au moment où il prend fin, et où, rétrospectivement, il se découvre dans son ensemble, le roman de Proust a cessé d'être temporel ; exactement comme une histoire de France *en images* n'est plus une histoire, c'est une collection d'images qui, mises ensemble, meublent un lieu et forment un *espace illustré*.

Ne nous laissons donc pas tromper par

la déclaration si souvent rapportée de Proust, selon laquelle, dans son roman, il a voulu rendre sensible une quatrième dimension, la dimension du temps [102]. Car la dimension du temps n'est, dans son esprit, qu'une dimension en tout semblable aux trois autres, une dimension, elle aussi, purement spatiale : « *Le temps ressemble pour lui à l'espace* [103] », écrit-il d'un de ses personnages, Jean Santeuil. Et de la même façon, l'on peut dire de son roman ce que lui-même disait d'un certain lieu, appelé Guermantes, qui, comme l'église de Combray, était plein de souvenirs : « *Le temps y a pris la forme de l'espace* [104]. »

Or, si le temps proustien prend *toujours* la forme de l'espace, c'est qu'il est d'une nature telle qu'il est directement opposé au temps bergsonien. Rien qui ressemble moins à la continuité mélodique de la durée pure ; mais rien, en revanche, qui ressemble plus à ce que Bergson dénonçait comme étant une fausse durée, une durée dont les éléments seraient extériorisés les uns par rapport aux autres et alignés les uns à côté des autres. Le temps proustien est du temps spatialisé, juxtaposé.

Il ne pouvait en être différemment, dès le moment où Proust a conçu la réalité temporelle de son univers sous la forme d'une série de tableaux qui, successivement présentés dans le cours de l'œuvre, devaient, en fin de compte, réapparaître tous ensemble, simultanément, donc hors du temps, mais non hors de l'espace. L'espace proustien est cet espace final, fait de l'ordre dans lequel se distribuent les uns par rapport aux autres les différents épisodes du roman proustien. Cet ordre n'est pas différent de celui qui lie entre elles les prédelles, et les prédelles au retable. Une pluralité d'épisodes se rangent et construisent leur propre espace, qui est l'espace de l'œuvre d'art.

PROUST ET LA RÉPÉTITION

I

Le grand roman proustien, un des plus complexes qui soient dans l'histoire des littératures, ne fait que développer et illustrer la plus simple, la plus quotidienne des aventures, celle du dormeur qui s'éveille. Combien de fois ne nous est-il pas arrivé, au sortir d'un profond sommeil, de ne pas nous rappeler sur-le-champ qui nous sommes, où nous sommes, en quel moment de notre existence, enfants ou adultes, nous nous réveillons ! Pendant l'espace d'une seconde, notre esprit vacille. Il est comme au bord d'un gouffre où nous-mêmes semblons avoir disparu à nos propres yeux. Nous voilà donc obligés, sous peine de ne plus avoir d'identité, de nous mettre en quête de toutes ces informations qui nous manquent ; forcés d'aller à la recherche de ce temps perdu dont nous avons grand besoin pour ne plus rester égarés dans l'existence et pour nous retrouver.

Telle est l'aventure de l'esprit par laquelle s'ouvre le roman proustien. Moment de vide et d'ignorance, moment d'angoisse, car rien ne prouve au dormeur réveillé qu'il pourra rejoindre dans les régions vagues de la mémoire (semblables à celles où vivent les Mères du Second Faust) l'être qu'il a abandonné sur la rive avant de s'engager sur les eaux du sommeil. Comment se retrouver, question importante entre toutes. Un seul moyen, c'est le souvenir. Seul celui-ci pourra nous conduire avec quelque sûreté jusqu'à cette version première, lointaine et essentielle de nous-mêmes qui s'est dissimulée derrière un voile d'oubli. Mais, hélas, ce voile est plus épais que nous ne le croyions. Les habitudes, les distractions, l'usure des sentiments, la négligence que nous mettons dans les perceptions de notre vie ordinaire, nous rendent incapables de préserver nos plus belles, nos plus heureuses impressions de la désagrégation ou de la banalisation qui succèdent à leur brève actualité. Ainsi non seulement nous perdons notre passé au fur et à mesure, mais nous perdons encore la faculté de nous le rappeler.

Or, parfois, alors que depuis longtemps nous avons tristement renoncé à retrouver le contact avec notre passé profond ou même récent, voici qu'une rencontre inattendue vient nous le restituer. Dans le roman proustien, la première et la plus célèbre de ces « rencontres » se trouve décrite dans ce qu'il est convenu d'appeler l'épisode de la madeleine. Par le miracle de la ressemblance entre la saveur actuelle d'un gâteau trempé dans une tasse de thé et la même saveur perçue bien des années auparavant, au temps où l'enfant qu'on était alors dégustait de la même façon une madeleine dans la maison des parents à l'époque des vacances, voici que la petite ville où ces parents habitaient, et eux-mêmes, et leurs amis, et tout le cortège des impressions enfantines, baiser maternel, frayeurs puériles, promenades dominicales du côté de Méséglise ou du côté opposé de Guermantes, tout cela resurgit dans la mémoire, restitue le passé non seulement tel qu'il a été vu, mais tel qu'il a été vécu. Le temps perdu est donc retrouvable. D'où le bonheur de celui qui assiste, ravi, à l'éclosion nouvelle de son ancienne existence au fond de lui.

Et pourtant à cette union s'attache un mystère. Pourquoi ce bonheur est-il si grand ? Pourquoi, d'autre part, en livrant tant de richesses, réserver quelque chose d'essentiel ? C'est ce que l'auteur exprime pourtant dans une parenthèse concessive dont nous ne saurions négliger l'importance : « ... quoique je ne susse pas encore et dusse *remettre à bien plus tard* de découvrir pourquoi ce souvenir me rendait si heureux ».

On peut voir ici la reprise de procédés déjà utilisés dans *Jean Santeuil.* On doit y voir aussi autre chose : la constatation d'une incomplétion. Celui qui se trouve sujet, tout au début du grand roman proustien, à l'étrange phénomène que Proust décrit longuement et auquel les psychologues donnent le nom de mémoire affective, remet *à plus tard* de savoir pourquoi ce souvenir le rend heureux. Ce « plus tard », c'est toute la suite, tout l'avenir du roman, qui va peu à peu le révéler ; et le révéler non pas en une fois, mais en une série d'expériences thématiques analogues, en chacune desquelles se distinguent une part de vérité nouvelle, mais aussi la même incomplétion.

Le premier de ces épisodes thématiques est celui des clochers de Martinville. Dans une promenade en voiture le héros voit jouer les uns derrière les autres, comme à cache-cache, trois clochers lointains que les tournants de la route et les changements de direction du véhicule font à chaque instant changer de place et de rapports. Une autre fois, près de de Balbec, dans la côte d'Hudimesnil, trois arbres aperçus au bord de la route lui donnent le même sentiment de percevoir les choses en tel lieu et en un autre lieu, en tel moment du temps et en un autre moment qu'il ne lui est pas permis de localiser. Tout se passe comme si les objets qu'il voyait et par conséquent lui-même qui les percevait, existaient à la fois dans le passé et dans le présent ou dans différents points de l'espace entre lesquels il y aurait eu une relation difficilement définissable. Et la même impression est éprouvée une fois de plus par le héros, lorsqu'à une soirée à laquelle il assiste il entend tout à coup dans une musique qui lui est totalement inconnue une petite phrase qui en est la clef, qui en est l'essence, et qui est en même temps la clef et l'essence d'une sonate entendue par lui jadis. En sorte qu'en présence de ce septuor de Vinteuil, œuvre inédite de l'auteur de la sonate, le personnage central est comme devant la madeleine de Combray, les clochers de Martinville et les arbres d'Hudimesnil, confronté par un monde double, proche et lointain, actuel et révolu, étrange et familier.

Cette invitation adressée à lui par le gâteau, par les arbres, par les clochers, par la petite phrase musicale, et qu'il ne cessera plus de recevoir, contient une part de révélation et une part d'incitation. Révélation d'une certaine valeur spirituelle déjà possédée, plus tard perdue, et que le souvenir réitère mais seulement à demi. Incitation d'autre part à chercher la raison de l'intensité de cet appel et du bonheur qu'il semble à la fois promettre et ne livrer pourtant que partiellement ; de sorte que l'histoire du héros et le récit tout entier se trouvent comme suspendus au pressentiment et à l'accomplissement différé d'une révélation totale qui aura lieu seulement, ainsi qu'il convient, dans les dernières pages du roman, celles qui ont pour titre *Le Temps retrouvé.*

Révélation totale qui se fait sous la forme d'une nouvelle reviviscence affective du même type que l'épisode de la madeleine. Un pavé inégal sur lequel le pied trébuche dans une cour d'hôtel à Paris est l'occasion magique, grâce à laquelle le héros se voit soudain revivre parmi les splendeurs de la Grand-Place à Venise où son pied avait trébuché de même, bien des années auparavant. Puis toute une série d'autres souvenirs involontaires viennent renforcer cette impression d'une identité à distance entre des lieux et des temps séparés par de grands intervalles. C'est alors que dans le sentiment de toutes ces ressemblances thématiques entre des morceaux isolés d'une même existence, le héros prend enfin conscience de la loi qui les relie et les éclaire. Une existence humaine n'est pas faite de la continuité apparente des jours vécus ; mais elle se compose d'un certain nombre d'expériences subies à distance les unes des autres, séparées par de grands pans d'oubli, et qui pourtant se ressemblent entre elles et constituent par conséquent des thèmes réapparaissants. Distinguer cette ressemblance à distance, c'est dégager dans une vie ce qu'il y a d'essentiel, c'est atteindre son *essence.*

II

Quelques pages plus haut, nous faisions remarquer que le roman proustien débute par une ignorance. Le dormeur qui se réveille a perdu conscience de son identité. Il ne sait plus qui il est, parce qu'il ne se rappelle plus *quand* il est. Est-il enfant, est-il adulte ? Son esprit hésite entre les époques. Mais ce qu'il faut remarquer encore, c'est qu'il n'hésite pas moins entre les lieux. Dans quelle chambre est-il, dans quelle maison, dans quel pays ? « Et quand je m'éveillais au milieu de la nuit, avoue le héros proustien, comme j'ignorais où je me trouvais, je ne savais même pas au premier instant qui j'étais. »

L'ignorance des lieux est donc chose aussi grave chez Proust que l'ignorance des temps. Elle se manifeste de mille façons différentes. C'est elle qui se trahit dans la réponse négative donnée par la mère à la question du père, quand celui-ci, au cours de leurs promenades familiales, lui demande rituellement : « Où sommes-nous ? » C'est elle qui trouble l'auditeur quand, au cours d'un concert, il se découvre dans le pays étranger représenté pour lui par une musique inconnue. Tout cela n'est nulle part mieux exprimé que dans un passage du *Contre Sainte-Beuve* : « Pendant un instant je fus comme ces dormeurs qui en s'éveillant dans la nuit ne savent pas où ils sont, essaient d'orienter leur corps pour prendre conscience du lieu où ils se trouvent, ne sachant dans quel lit, dans quelle maison, dans quel lieu de la terre, dans quelle année de leur vie ils se trouvent. J'hésitai un instant, cherchant à tâtons autour du carré de toile verte, les lieux, le temps où mon souvenir qui s'éveillait à peine devait me situer. »

L'ignorance des lieux affecte donc, comme l'ignorance des temps, la connaissance de soi-même. Se découvrir non encadré par des lieux déterminés et, tout spécialement, par ces lieux familiers dont la présence environnante est pour celui qui les habite un réconfort et une assurance, c'est se découvrir sans point de repère dans un vide qui donne le vertige. *Car l'on n'est pas moins « perdu » dans l'espace qu'on ne l'est dans le temps.* De là l'horreur qu'inspirent à Proust les lieux avec lesquels il ne s'est pas familiarisé : lieux étrangers, impersonnels, auxquels nulle habitude ne se raccroche, tels, par exemple, que les chambres d'hôtel. Et de là encore la crainte éprouvée par l'être proustien quand il lui semble, comme dans les jeux de la lanterne magique, que l'espace vacille et que par une brusque métamorphose un autre lieu se substitue à celui qu'il croyait fixe et stable :

« On avait bien inventé, pour me distraire les soirs où l'on me trouvait l'air trop malheureux, de me donner une lanterne magique dont, en attendant l'heure du dîner, on coiffait ma lampe ; et, à l'instar des premiers architectes et maîtres verriers de l'âge gothique, elle substituait à l'opacité des murs d'impalpables irisations, de surnaturelles apparitions multicolores, où des légendes étaient dépeintes comme dans un vitrail vacillant et momentané. Mais ma tristesse n'en était qu'accrue, parce que rien que le changement d'éclairage détruisait l'habitude que j'avais de ma chambre... Je ne la reconnaissais plus et j'y étais inquiet, comme dans une chambre d'hôtel ou de " chalet ". »

Menacé donc grandement par les vacillations d'un espace non fixable ni localisable, il importe beaucoup au héros proustien de *consolider les lieux.* Mais comment le faire ? Un moyen de stabiliser l'espace est d'y associer l'image des personnes. Dans le roman de Proust, presque chaque personnage se trouve ainsi lié au paysage sur le fond duquel il est apparu pour la première fois. C'est le cas pour Gilberte, pour Saint-Loup, pour Charlus, pour Albertine. Comme dans l'opéra wagnérien, où chaque protagoniste est toujours accompagné par le leitmotiv qui l'a introduit dans le drame, ainsi chez Proust tout personnage de premier plan s'entoure d'un décor qui, par compensation, reçoit une part de sa personnalité et de ses caractéristiques concrètes. De sorte que les lieux se personnalisent en empruntant leur originalité aux êtres avec lesquels ils se trouvent associés, tout comme les êtres tirent de ces lieux une profondeur ou une poésie supplémentaires — disons une dimension de plus. Les lieux n'ont donc nullement chez Proust le caractère abstraitement général de l'espace. Ce sont des entités individuelles, dont l'originalité, inconfondable avec celle d'autres lieux, les met à part et les fait subsister comme en vase clos.

Mais si cela est vrai, une nouvelle difficulté se présente. Dans l'univers proustien il y a des lieux privilégiés, Combray, Balbec, l'appartement familial, la demeure de Gilberte, etc. Néanmoins ces lieux existent à distance les uns des autres. Ils ne se touchent pas. Ils ne communiquent pas. L'on ne passe pas de l'un à l'autre sans transition. Bref, l'espace proustien est fait de déterminations topologiques qui se situent loin les unes des autres, comme des îles au sein d'un océan, en sorte que se trouver dans l'un de ces lieux implique l'impossibilité de se trouver en même temps dans un autre. Qui se trouve du côté de Méséglise ne peut passer directement du côté de Guermantes ; qui fréquente le salon Verdurin ne peut sans complications sociales qui rendent cette solution impossible, fréquenter la haute société. Les lieux, aussi bien que les groupes sociaux auxquels ils donnent asile, sont donc réciproquement exclusifs. Des uns aux autres il est très difficile de se transférer.

Ces exclusions réciproques ont des conséquences sérieuses. Ce ne sont pas seulement les lieux qui risquent d'être sans communication, ce sont les êtres humains. Le monde de Proust se révèle comme une pluralité de sites entre lesquels il y a des lacunes, comme une série de photographies d'une même personne ou d'un même groupe, avec lesquelles il est malaisé de se faire une idée de l'ensemble permanent de ce groupe ou de l'unité de cette existence individuelle. Tout se fractionne dans le monde de Proust, tout devient semblable à ces univers de peintres (Elstir, Vermeer), qu'on ne possède pas dans l'unité d'un seul paysage, mais dans une pluralité de morceaux disjoints, qui sont les tableaux qu'ils ont peints. Entre ces morceaux il y a fatalement un hiatus ou un vide. Rien n'est plus tragique chez Proust que le sentiment du temps négateur et de l'espace séparateur, qui sans cesse au cours du roman se manifeste entre les moments, entre les lieux, entre les êtres. Un exemple frappant en est la conversation téléphonique entre le personnage central et sa grand-mère. A peine à travers les espaces qui séparent Paris de Doncières la voix de la grand-mère se fait-elle entendre à celui qui se désole de se trouver loin d'elle, que la présence de cette voix désincarnée devient le symbole même de l'absence : signe non pas seulement de l'éloignement géographique, mais d'un autre et plus définitif éloignement, qui est celui de la mort. La mort est partout présente dans l'univers de Proust. On la perçoit par tous les trous dont l'œuvre se trouve volontairement criblée. L'impossibilité d'être partout à la fois, le manque d'ubiquité, apparaissent à Proust comme la preuve la plus évidente de la mortalité de l'homme.

Puisque la séparation est chose si grave, comment y remédier ? Le moyen le plus simple est le mouvement local. Le déplacement de nos corps, celui des véhicules à l'aide desquels nous parcourons l'espace, deviennent une façon de joindre ce qui est séparé. Ainsi les trois clochers de Martinville se fondent en un seul dans la perspective, grâce au mouvement locomobile de la voiture du Dr Percepied. Ainsi encore, par un prodige plus surprenant, la rapidité de l'automobile permet d'unir dans un même après-midi d'excursion le côté de Guermantes et celui de Méséglise, jusqu'alors irrémédiablement isolés dans des journées différentes. Mais si le mouvement local rapproche, il désunit aussi, puisqu'il multiplie les points de vue. Si l'on suit des yeux un être dans le mouvement qui l'emporte, l'on voit apparaître toute une série de versions différentes de cet être, qu'on a le plus grand mal à unifier. C'est l'aventure du héros avec Albertine : Albertine inépuisablement différente d'elle-même et finissant par disparaître dans la variété de ses aspects. L'univers proustien, avec ses êtres et ses époques et ses sites, menace de se dissoudre en une multitude d'images détachées, puisque le temps, l'espace, le mouvement, loin d'être des principes d'union, sont ici des facteurs de décomposition et d'infinie division. Alors, que faire ? Un seul moyen subsiste. Il consiste à accepter cette parcellisation des éléments composants comme le principe grâce auquel une nouvelle recomposition devient possible : non plus une continuité de type bergsonien, ni une homogénéité d'étendue, mais simplement une libre association d'éléments qui, bien qu'appartenant à des moments ou à des lieux différents de l'action, seront placés les uns à côté des autres, dans la suite du texte, comme une série de tableaux se rapportant tous à une même histoire. La juxtaposition est une collection de thèmes. Elle triomphe partout dans l'œuvre proustienne. Par exemple dans les phrases suivantes : « C'était la saison où le Bois de Boulogne trahit le plus d'essences diverses et juxtapose le plus de parties distinctes en un assemblage composite. » Ou bien : « Le visage humain est vraiment comme celui du Dieu d'une théogonie orientale, toute une grappe de visages juxtaposés dans des plans différents et qu'on ne voit pas à la fois. » Ainsi encore une bibliothèque vitrée dans les carreaux de laquelle se reflètent autant de versions différentes et cependant similaires du soleil couchant ; ou bien la façade illuminée d'un hôtel, à chaque étage duquel il est possible de voir une scène distincte ; ou encore la vue cavalière d'une série d'enclos formant quelque part dans la banlieue parisienne un compartimentage de petits jardins ; voilà autant d'exemples symboliques de la juxtaposition des lieux dans le monde de Proust. La structure fondamentale en est la mise en place des objets ou des êtres les uns à côté des autres. On peut la comparer, comme Proust le fait lui-même, à l'assemblage de prédelles ou de fresques, à l'aide duquel des peintres comme Giotto ou Benozzo Gozzoli s'efforcent de nous montrer sur une même surface, mais divisés en compartiments distincts, les divers aspects d'une même vie, qui, dans leur cas, est presque toujours une vie de saint. C'est pour arriver à cette vision multiple et cependant *une*, que tout se trouve agencé dans le roman proustien. Vision multiple et une, composition en juxtaposition et en compartimentage, qui est celle de la somme que constitue l'ouvrage, et dont les quadrillages cités plus haut donnent en petit une représentation symbolique.

III

Nous venons de voir que le roman proustien est une recherche, d'abord du temps jadis vécu, ensuite des lieux jadis connus. Dans un cas comme dans l'autre, la perspective est une rétrospective. Le récit avance mais à reculons. Ce qui se découvre au regard, c'est comme au voyageur qui se retourne et regarde en arrière, un pays déjà parcouru dont il distingue de loin en loin les paysages juxtaposés.

N'oublions pas cependant qu'à cette *rétrospective* est nécessairement associée une *prospective.* Si le roman de Proust a pour objet la recherche du temps passé, cette recherche est entreprise, ou, plus précisément, elle est présentée comme devant être entreprise, par quelqu'un qui dans la contemplation de ce passé trouve la matière de son activité à venir. Comme on l'a déjà maintes fois fait observer, la *Recherche du temps perdu* est en effet l'histoire d'un être qui est en quête des moyens grâce auxquels il pourra finalement réaliser sa vocation. Rien de moins rétrospectif qu'une pareille quête. Comme *Wilhelm Meister* ou *David Copperfield*, comme le *Rouge et le Noir* ou l'*Education sentimentale*, la *Recherche* est bien ce qu'on appelle en français un « roman d'apprentissage » et en allemand un « Bildungsroman ». Un être encore non entièrement formé se trouve confronté avec les problèmes de son développement. C'est en les affrontant qu'il les résoudra. Il a devant lui son avenir, et c'est vers cet avenir qu'il avance en le déterminant peu à peu grâce à une série d'expériences.

Telle est une des grandes formules du roman européen. Telle est, en dépit des apparences, la formule même du roman proustien, beaucoup plus traditionnel qu'il ne semble à première vue. Car, dès l'abord, que nous annonce-t-il, ce roman, que nous laisse-t-il pressentir ? Que partout autour de nous, dans les êtres, dans les choses et même au fond de nous, dans la partie la plus obscure de nous-mêmes, il y a un secret que nous avons à deviner, une proie que nous avons à conquérir. Le héros proustien n'est nullement, quoi qu'on dise, quelqu'un qui commence par regarder en arrière. C'est au contraire quelqu'un qui commence par porter le regard vers quelque objet qui s'offre à lui en avant. En avant, c'est-à-dire devant lui, au-dehors, au-delà, de l'autre côté du mur qui sépare l'intériorité de l'extériorité ; mais devant lui aussi, en ce sens que l'objet contemplé se profile au seuil même du futur ; comme s'il n'y avait possibilité de lire son secret qu'en quittant le moment actuel et en pénétrant dans un monde encore inconnu et préservé, qui serait celui de l'avenir. Cela est tellement vrai que même au moment où le personnage proustien, grâce au miracle de la fameuse madeleine, est sur le point de retrouver son enfance perdue, ce souvenir ne lui apparaît pas comme une rétrospection mais comme un pressentiment : « Il est, dit Proust, en face de quelque chose qui *n'est pas encore* et que seul il peut réaliser, puis faire entrer dans la lumière. » Ce qui n'est plus est devenu un « pas encore ». Le rétrospectif s'est mué en prospectif.

Cette prospectivité inattendue, ce futur inespérément sorti du passé, ne l'avons-nous pas perçu déjà presque en chacun des exemples par lesquels cependant nous voulions simplement illustrer la rétrospectivité proustienne ? Ainsi les souvenirs déclenchés par le phénomène de la madeleine, c'est du passé, sans doute, qu'ils viennent, d'un passé auquel l'on tourne naturellement le dos ; mais c'est en avant qu'ils viennent se poser et miroiter, c'est en avant que l'esprit s'élance pour épouser les sentiments dont jadis il se trouvait animé. Et de même, les clochers de Martinville, que sont-ils, excepté certains points de repère situés dans la distance et dont le voyageur se rapproche grâce à un mouvement qui à la fois franchit l'espace et va du présent au futur ?

Tout comme enfin les arbres d'Hudimesnil, loin de livrer aussitôt le secret qui est le leur, semblent en réserver la révélation à celui-là seul qui, passant outre aux insuffisances et aux limitations du moment actuel, osera *dans le futur* pousser jusqu'au bout ses investigations. « De ma pensée ramassée, ressaisie avec plus de force, je *bondis plus avant* dans la direction des arbres. » Soyons sûrs que la direction des arbres, c'est la direction dans laquelle s'engage l'esprit qui se donne une fin ou une intention, qui découvre un but à son activité. Bondir, ici, c'est se jeter en avant pour trouver, au-delà du présent, la solution du mystère qui nous attire et nous met peut-être en branle. Et c'est du même coup, aussi, obéir à l'élan de la durée et aux promesses d'illumination et de félicité terminale que même à celui qui rêve du passé chuchote l'avenir.

Bref, l'expérience de la madeleine, celle d'Hudimesnil, de Martinville, celles encore du septuor et du pavé inégal dans la cour de l'hôtel de Guermantes, toutes ces impressions éprouvées à intervalles éloignés et qui semblaient d'abord orienter l'esprit vers les temps révolus, se révèlent être en fin de compte des thèmes orientés vers le futur, ou, dans les termes mêmes de Proust, des « amorces pour la construction d'une vie véritable ». Or, cette vie véritable n'est ni passée, ni présente, elle est la vie future de celui qui est le sujet de ces impressions. D'impression en impression, de rétrospection même en rétrospection, le personnage proustien progresse vers son propre avenir. Sans cesse ce qu'il éprouve et dont, de prime abord, il ne comprend qu'imparfaitement la profondeur, le renvoie à une époque ultérieure de sa vie où finalement cette pleine compréhension sous la forme d'une « illumination rétrospective » aura lieu. Partout l'auteur renvoie expressément le lecteur à un autre temps, un temps futur, où l'entière signification de l'épisode qui lui est narré lui deviendra enfin entièrement apparente : « On verra plus tard, dit-il, on saura dans la suite... » Ainsi le roman ne se ferme jamais sur lui-même. Il reste ouvert. S'il retourne au passé, c'est pour que s'en dégage l'avenir.

Cet avenir, c'est l'avenir du héros, de celui

qui fait l'apprentissage de la vie ; mais c'est aussi l'avenir du roman, ne cessant d'avancer vers sa synthèse finale. Un jeune homme sent en lui, quoique de façon incertaine et intermittente, une vocation d'écrivain, qu'il ne sait comment réaliser. Trop facilement il se décourage. Chacune de ses expériences semble aboutir à un échec, car chacune d'elles est une impression qu'il est incapable de transformer en expression, et qui, de ce fait, risque d'aller s'engloutir, après tant d'autres, dans l'oubli du « temps perdu ». Mais cet oubli n'est qu'apparent, les impressions inexprimées se retrouvent, la mémoire les restitue, et dès lors il devient possible de les métamorphoser en pensées, en lois psychologiques, en écriture, en une œuvre d'art. Or cette dernière transformation n'apparaît comme réalisable qu'au moment où l'œuvre de Proust se termine, c'est-à-dire au moment où dans les dernières pages de cette œuvre le héros prend enfin la résolution de commencer une autre œuvre, son œuvre à lui. En sorte que, par-delà l'œuvre écrite de Proust, se laisse entrevoir une autre œuvre qui ne peut être qu'une reprise de la première. La perspective ouverte sur l'avenir ne s'arrête donc pas aux pages finales. L'élan prospectif ne s'immobilise pas. C'est ce qu'il fallait absolument dire pour contrebalancer l'effet produit par l'indéniable orientation rétrospective qui fait de ce roman le plus grand roman du souvenir. Roman du souvenir, il est cela, certes, mais aussi du désir anticipateur et créateur qui, par-delà les délais, les atermoiements et les défaites, voit se profiler dans l'avenir l'image en quelque sorte redoublée du projet qu'il médite. Roman de celui qui rêve d'écrire un roman, et qui, en l'écrivant, échappera au passé en fondant l'avenir. *A la recherche du temps perdu* est l'histoire d'un être qui consacre son existence à retrouver le temps perdu, et qui, en le retrouvant, retrouvera du même coup le véritable sens du temps, l'irrésistible mouvement prospectif de la durée humaine. « L'organisation de ma mémoire, de mes préoccupations, dit Proust, était liée à mon œuvre, peut-être parce que... l'idée de mon œuvre était dans ma tête, toujours la même, en perpétuel devenir. »

Ce qui apparaît donc comme la dominante du roman proustien, c'est le recommencement de ce qui a eu lieu après un intervalle. L'avenir y reprend la substance du passé. Cela est vrai pour les réapparitions des personnages comme pour la réitération des expériences vécues. Aussi peut-on dire de l'œuvre littéraire de Proust ce que lui-même disait de l'œuvre musicale de Wagner, qu'elle est composée de « thèmes insistants et fugaces *qui ne s'éloignent que pour revenir* ». Mais ce n'est pas encore suffisamment dire. Ce qui revient au jour, ce qui recommence de vivre, ce ne sont pas seulement les événements et les personnages, c'est la totalité du roman lui-même qui, en quelque sorte, une fois qu'il s'achève, s'achève sur l'ouverture d'une autre œuvre non encore écrite, prête à naître ou plutôt à renaître, et qui ne peut être que la reprise totale de l'œuvre déjà écrite. C'est un récit qui recommence, identique à lui-même, à partir du moment où il semblait devoir se terminer. Tel est le roman proustien, fait non seulement de thèmes réitérés, de phrases types qui se répètent, mais aussi, en fin de compte, de la réitération totale de l'ensemble qui le constitue, ensemble qui se reforme en nous chaque fois que, l'ayant relu, nous nous le remémorons.

APPENDICE

BERGSON
LE THEME DE LA VISION PANORAMIQUE DES MOURANTS ET LA JUXTAPOSITION

Lo! the soul's sphere of infinite images!
What sense shall count them? Whether it [*forecast*]
The rose-winged hours that flutter in the van
Of Love's unquestioning unrevealed span, —
Visions of golden futures: or that last
Wild pageant of the accumulated past
That clangs and flashes for a drowning man.

D. G. Rossetti :
The House of Life, Sonnet LXII.

I

Le thème de la vision panoramique des mourants a beaucoup préoccupé Bergson. Il y est revenu à maintes reprises. Il en parlait avec ses amis [1]. C'est que ce phénomène, qui est celui de l'aperception hypermnésique de leur vie entière par certaines personnes en danger de mort, fournissait à Bergson une preuve précieuse d'une de ses convictions les plus chères : la preuve qu'aucun souvenir n'est définitivement enseveli dans l'oubli, et qu'il y a en chacun de nous, affleurant notre conscience, une sorte de mémoire totale qui, en de certaines circonstances, peut nous restituer intégralement le temps perdu.

Dans l'œuvre de Bergson il y a trois passages où ce phénomène est considéré. Le pre-

1. Cf. *Souvenirs personnels d'un entretien avec Bergson*, par JEAN DE LA HARPE, dans *Henri Bergson, Essais et témoignages inédits*, La Baconnière, 1941, p. 361.

mier est dans *Matière et mémoire*, et date par conséquent de 1896. Le second date de 1911 et se trouve dans la conférence d'Oxford sur la *Perception du changement* [1]. Le troisième, qui est d'un moindre intérêt, puisqu'il ne dit rien de nouveau après les deux premiers, se rencontre dans *Fantômes de vivants et recherches psychiques*, qui est de 1913 [2].

Voici le passage de *Matière et mémoire* [3] :

Mais si notre passé nous demeure presque tout entier caché parce qu'il est inhibé par les nécessités de l'action présente, il retrouvera la force de franchir le seuil de la conscience dans tous les cas où nous nous désintéresserons de l'action efficace pour nous replacer, en quelque sorte, dans la vie du rêve... C'est un fait d'observation banale que l' « *exaltation* » *de la mémoire dans certains rêves et dans certains états somnambuliques. Des souvenirs qu'on croyait abolis reparaissent alors avec une exactitude frappante ; nous revivons dans tous leurs détails des scènes d'enfance entièrement oubliées ; nous parlons des langues que nous ne nous souvenions même plus d'avoir apprises. Mais rien de plus instructif, à cet égard, que ce qui se produit dans certains cas de suffocation brusque, chez les noyés et les pendus. Le sujet, revenu à la vie, déclare avoir vu défiler devant lui, en peu de temps, tous les événements oubliés de son histoire,*

1. *La perception du changement*, Oxford, Clarendon Press, 1911, p. 30-31, et *La Pensée et le Mouvant*, p. 171.
2. *Fantômes de vivants*, conférence faite à la Society for psychical Research, le 28 mai 1913; *L'Energie spirituelle*, p. 76-77.
3. P. 168.

avec leurs plus infimes circonstances et dans l'ordre même où ils s'étaient produits.

Un être humain qui rêverait *son existence au lieu de la vivre tiendrait sans doute ainsi sous son regard, à tout moment, la multitude infinie des détails de son histoire passée.*

Pour comprendre la portée de ce passage il n'est pas inutile d'en considérer les sources. Or Bergson lui-même, dans une note au bas de la page, prend soin de nous donner les titres des ouvrages où il est allé se renseigner. Ceux-ci sont au nombre de quatre : *On obscure Diseases of the Brain*, par Forbes Winslow, qui date de 1860, *Les maladies de la mémoire*, de Ribot (1881), *Le sommeil et les rêves*, d'Alfred Maury, que Bergson cite d'après l'édition de 1878, mais qui est de 1861 ; enfin, référence particulièrement intéressante, puisqu'elle se rapporte à une étude alors récente, publiée dans la *Revue philosophique* en 1896, c'est-à-dire l'année même de la parution de *Matière et mémoire*, un article de Victor Egger, intitulé *Le Moi des mourants* [1].

De ces quatre psychologues les trois premiers cherchent à donner une explication uniquement physiologique du phénomène. Pour Winslow elle se trouverait dans la viciation du sang causée par l'asphyxie. Pour Ribot, de

1. *Revue philosophique*, 1896, t. 42.

façon assez similaire, l'exaltation hypermnésique serait liée à une accélération de la circulation sanguine du cerveau, analogue à celle qu'on trouve dans certains cas de fièvre aiguë, d'hypnotisme, d'excitation maniaque. Enfin Maury attribue le réveil et la multiplication des souvenirs à l'accroissement de vibrations encéphaliques, semblables à celles des ondes sonores dans les corps résonnants. Dans tous ces cas le problème est posé en termes rigoureusement quantitatifs. L'hypermnésie des mourants montrerait avant tout la rapidité avec laquelle, en le laps de temps le plus bref, les images se succèdent dans l'esprit. De ce point de vue, les trois premiers psychologues cités par Bergson ne font qu'appliquer ici les procédés de la méthode quantitative qui remonte à Locke et à Condillac.

Pourtant certains des exemples qu'ils donnent semblent mettre en relief, non la successivité, mais, au contraire, la simultanéité des états de conscience.

Ainsi Winslow et Ribot (en même temps d'ailleurs qu'Egger et que presque toute la littérature psychologique de l'époque) [1] citent

1. Winslow, p. 441 ; Ribot, p. 140 ; Egger : *La durée apparente des rêves, Revue philosophique*, 1895, t. 40, p. 55 ; cf. aussi Robert Macnish : *The Philosophy of Sleep*, 3d

le cas d'une parente de l'écrivain anglais De Quincey, qui, dans son enfance, étant tombée dans une rivière et sur le point de se noyer, aurait vu, au dire de De Quincey, « en un moment sa vie entière dans ses plus infimes incidents, déployée devant elle simultanément, comme dans un miroir[1] ». Vingt-quatre ans plus tard, en 1845, dans un passage de *Suspiria de profundis*[2] dont s'inspirera Baudelaire[3], De Quincey revient sur le même épisode et le rapporte en des termes encore plus précis : « En un moment, en un clin d'œil, chaque action, chaque intention de sa vie passée se mit à revivre, se rangeant non en une succession, mais comme les parties d'une coexistence[4]. »

Simultanéité, coexistence des parties du

ed., Glasgow, 1836, p. 90; W. C. DENDY: *The Philosophy of Mystery*, London, 1841, p. 77; B. FOSGALE: *Sleep, psychologically considered*, New-York, 1850, p. 41-46; L. GRINDON: *Life, its nature, varieties and phenomena*, 2d ed., London, 1857, p. 286-287; CARL DU PREL: *Philosophie du mysticisme*, t. 2, p. 43, etc.

1. *Confessions of an Opium-Eater*, Everyman Lib., p. 234 : « She saw in a moment her whole life in its minutest incidents, arrayed before her simultaneously as in a mirror. »

2. *Suspiria de Profundis, The Palimpsest of the Brain*, Blackwood Magazine, juin 1845, et *Select Essays*, Edinburgh, 1888, t. 2, p. 285.

3. *Paradis artificiels*, Œuvres, Pléiade, t. 2, p. 389.

4. « In a moment, in the twinkling of an eye, every act, every design of her past life, lived again, arraying themselves not as a succession, but as parts of a coexistence. »

temps, redéploiement de celles-ci dans une sorte d'espace mental, il est difficile d'imaginer des termes plus éloignés de ceux qui décriront la durée pure.

Dans d'autres exemples donnés par les psychologues en question il est facile de relever des traits non moins incompatibles avec le bergsonisme.

C'est ainsi que dans les *Maladies de la Mémoire*, immédiatement après avoir cité le passage de De Quincey, Ribot rapporte le cas d'une autre personne, l'Amiral Beaufort, qui, dans une lettre souvent copiée et commentée [1], raconte que, dans sa jeunesse, étant sur le point de se noyer dans le port de Portsmouth, il a vu « toute sa vie antérieure se déroulant en succession rétrograde, non comme une simple esquisse, mais avec des détails très précis formant comme un panorama de son existence entière [2]... ». C'est la première fois, je crois, que le mot *panorama* est appliqué

1. Lettre de l'amiral Beaufort au Dr W. Hyde Wollaston, reproduite dans *Somnolism and Psycheism*, par Joseph W. Haddock, London, 1851, p. 211-213. Ribot cite un bref extrait de cette lettre, sans en donner d'ailleurs le nom de l'auteur.

2. Le texte est celui de la traduction de Ribot. Voici l'original : « Thus travelling backwards, every incident of my past life seemed to me to glance across my recollection in retrograde succession; not, however, in mere outline as here stated, but the picture filled up, with every minute and collateral feature. »

à une « vision de mourant ». D'autre part, l'expression « succession rétrograde » ne laisse pas d'être surprenante. L'auteur explique comme il peut une expérience qui lui semble avoir lieu dans un temps inverse du temps ordinaire, un temps réversible. Rien, encore une fois, qui ressemble moins à la durée vécue.

Pourtant c'est précisément cette apparence de réversibilité et de simultanéité dans la vision des mourants, qui, longtemps même avant que les psychologues professionnels s'occupent de ce phénomène, a attiré fréquemment sur lui l'attention des penseurs de l'époque romantique : « A la mort, toute la vie se résume en un instant indivisible, écrit Ballanche dans sa *Palingénésie sociale*, et dans cet instant tout ce qui a été successif devient instantané[1]. » Pour exprimer la richesse de ce résumé instantané de l'existence, Ballanche écrit tout exprès, en 1831, un long poème en prose sur l'expérience d'un mourant, la *Vision d'Hébal*. Le romantisme allemand, lui aussi, de Jung-Stilling à Fechner[2], fourmille d'exemples de mémoire pano-

1. *Œuvres*, Paris, 1833, t. 4, p. 134.

2. JUNG-STILLING : *Theorie der Geister-Kunde*, Nürnberg, 1808, Nr. 89; GUSTAV THEODOR FECHNER : *Das Büchlein vom Leben nach dem Tode*, Dresden, 1836.

ramique. Ainsi, dans sa *Geschichte der Seele*, Schubert rapporte l'expérience suivante arrivée à un malade, peu de temps avant sa mort : « Toute sa vie passée, avec toute sa chaîne d'impressions et d'actions, avec ses mille actes différents, fut embrassée d'un coup d'œil, avec une rapidité foudroyante, en une juxtaposition surnaturelle[1]. »

Retenons ce mot juxtaposition (*Nebeneinanderstellung*), qui va jouer un si grand rôle dans la pensée bergsonienne. Venons-en maintenant au quatrième des psychologues cités par Bergson, Victor Egger.

L'intérêt qu'il présente tient au fait qu'il diffère à la fois des psychologues associationnistes et des écrivains romantiques. Son article sur le *Moi des mourants* est, comme je l'ai dit, presque contemporain de *Matière et mémoire*. Mais déjà l'année précédente, en 1895, dans un article antérieur de la *Revue philosophique*[2], Egger avait parlé de la vision panoramique. Il avait signalé la contradiction

1. Gotthilf Heinrich von Schubert *Die Geschichte der Seele* (1830), 2d ed., Stuttgart, 1850, t. 2, p. 47 : « Daher wurde in einem vom Moritz erzählten Falle, in einem Hellgesicht, welches kurze Zeit vor dem Tode eingetreten, das ganze vergangene Leben, mit allen seinen reichen Erfahrungen und Führungen, mit seinem tausendfältigen Handlungen, in geisterhafter Nebeneinanderstellung und Blitzeschnelle überblickt... »

2. *La durée apparente des rêves*, op. cit., p. 55.

qui existait entre le successivisme des psychologues et le simultanéisme qui ressortait de leurs exemples. A propos de celui de De Quincey, « je prie de remarquer, disait-il, ce mot étrange : *simultanément.* S'il s'agit de prouver l'accélération des états de conscience, que vient faire ici cette vision panoramique et instantanée du passé individuel ? ». Et Egger d'ajouter, en des termes qui, s'ils n'étaient pas bergsoniens, étaient suffisamment proches du bergsonisme pour frapper l'auteur de *Matière et Mémoire* : « Et puis pouvons-nous comprendre un passé, c'est-à-dire une succession, revécu sous la forme d'une simultanéité ? »

Cependant parmi les différents cas d'hypermnésie rapportés par Egger lui-même, l'un d'eux ressemblait fort à ces exemples critiqués par lui, parce qu'il les trouvait entachés de simultanéisme. Il s'agissait d'une observation faite sur lui-même, pendant la guerre franco-allemande, par un jeune philosophe, M. Derepas.

M. Derepas raconte qu'en décembre 1870, blessé, couché à quelques pas des lignes prussiennes entendant continuellement siffler les balles autour de lui, il ne doutait pas de sa mort imminente : « A ce moment, écrit-il, toute la suite de ma vie dans ses moindres détails m'était présente avec une lucidité extraordinaire. » Et il ajoute les paroles suivantes, où il est permis de distinguer, comme dans le cas de Victor Egger, quelque chose qui semble proche du bergsonisme, bien qu'en réalité il en soit éloigné : « Ce passé, qui nous échappe d'ordinaire dans un lointain vaporeux, était comme ressuscité. Jamais je n'ai senti comme ce jour-là le positif et la réalité de la durée. Ceux qui vont périr ont au dernier moment, dit-on, une vision intense et simultanée de tous les événements qui se sont succédé dans leur existence. Je le comprends pour l'avoir éprouvé. On peut pour ce cas modifier la célèbre formule de Platon et dire : le temps est l'image immobile de l'immobile éternité. C'est ainsi que de l'image je puis remonter à la réalité et concevoir l'éternité de Dieu. Supposez continu cet état accidentel pour l'homme ; éliminez la succession et la fuite du temps ; ce qui se dérobait, insaisissable à la pensée, devient fixe ; le vertige cesse, et l'esprit affirme sans trouble et sans hésitation, à plus forte raison sans contradiction, le présent perpétuel de la durée[1]. »

1. M. Derepas : *Les théories de l'inconnaissable et les degrés de la connaissance*, Paris, 1883, p. 203; cité par Egger : *Le Moi des mourants*, op. cit., p. 363.

Un moment, dans les lignes qui précèdent, l'on a pu reconnaître des paroles auxquelles il serait aisé de donner un sens bergsonien : « Jamais je n'ai senti comme ce jour-là le positif et la réalité de la durée. » Mais la suite du contexte fait tout de suite comprendre que cette durée positive et réelle est pour M. Derepas une durée immobile et homogène, non la durée vécue mais l'éternité platonicienne. Lorsqu'à l'aide de l'hypermnésie des mourants Derepas conçoit un temps continu non-successif, rien n'est plus loin de son esprit que la continuité variée d'une mélodie. On sait à quoi il pense : c'est au *Totum Simul* de Plotin ou de Saint Thomas ; « coexistence de toutes les choses successives » [1], pour employer l'expression par laquelle Egger, en vue d'ailleurs de rejeter cette doctrine, en donne une définition qui rappelle curieusement celle de De Quincey.

L'on ne trouve donc presque rien qui préfigure les thèses bergsoniennes, ni dans l'hypothèse des psychologues, suivant laquelle la vision des mourants ne ferait que traduire une multiplication ou accélération des états de conscience, ni dans les suppositions ou affirmations des romantiques, selon lesquelles

1. *Id.*, p. 364.

l'hypermnésie des mourants, loin d'être une multiplication du successif, serait, comme le dit Derepas, une élimination de celui-ci, accomplie dans une sorte de moment éternel, analogue chez l'homme au *Totum Simul* divin.

Reste cependant une troisième hypothèse, émise pour la première fois par Victor Egger, et qui est suffisamment proche, cette fois, de la pensée bergsonienne, pour que nous l'examinions avec une particulière attention : « J'imagine, dit Egger dans son article de 1895, que l'idée de la mort imminente peut provoquer un sentiment très vif du moi qui va cesser d'être... » ; et dans son article de 1896 : « Le moi, c'est le souvenir total ; c'est la conscience du passé comme tel ; c'est la série des états de conscience passés, tenus sous le regard de la conscience présente, et, pour ce, résumée, condensée par des procédés dont la nature est assez mystérieuse [1]. »

Rien ne devait plaire autant à Bergson que cette affirmation leibnizienne du souvenir total et de l'identification de celui-ci avec la conscience. Néanmoins cette conscience totale de soi, provoquée, dans l'opinion d'Egger, par la mort imminente, est quelque chose d'assez différent de ce que nous trouverons

1. *La durée apparente des rêves*, p. 55; *Le Moi des mourants*, p. 339.

chez Bergson. Chez Egger, en effet, il s'agit du sentiment vif de soi, éprouvé par un être qui se croit menacé dans son existence même. Or, comment interpréter cette vivacité du sentiment, autrement que comme une concentration des forces en péril, un raidissement devant le danger ?

C'est là une situation décrite aussi souvent par les romanciers que par les psychologues professionnels.

Il y a, à ce propos, dans les *Scènes de la vie cléricale*, de George Eliot, un récit intitulé le *Repentir de Jeannette*. On y voit une femme chassée soudainement du foyer conjugal. Cette brusque catastrophe est présentée précisément par George Eliot comme un cas analogue à celui des noyés :

> *La personne qui se noie, incitée par l'agonie suprême, se met à vivre en un instant dans tout son passé heureux et malheureux. Quand les sombres flots s'étendent sur elle comme un rideau qui tombe, la mémoire, en un moment, voit le drame se jouer une seconde fois. Il en va de même dans ces autres crises de l'existence qui offrent déjà un modèle avant-coureur de la mort ; quand nous nous trouvons brutalement coupés de la vie qui nous était familière, que nous ne pouvons plus espérer voir le lendemain ressembler à la veille, et qu'en raison d'un choc soudain nous nous trouvons au bord de l'inconnu ; alors souvent un éclair de ce genre illumine les chambres obscures et désertes de la mémoire.*

Quand Jeannette s'assit en frissonnant sur la pierre du seuil, avec la porte refermée sur sa vie passée, et, devant elle, l'avenir aussi noir et informe que la nuit, les images de son enfance, de sa jeunesse et de sa douloureuse vie de femme envahirent sa pensée et ne firent plus qu'un seul tableau avec sa présente affliction [1].

On peut trouver une scène presque analogue dans *La lettre écarlate* de Nathaniel Hawthorne. Lorsque l'héroïne, Hester Prynne, monte à l'échafaud, où sera exposée aux yeux de tous son infamie, ce n'est pas, sans doute, pour y périr, mais c'est au moins pour y subir un châtiment d'une gravité telle qu'elle sait que, pour l'avoir encouru, elle se trouvera irréparablement séparée de son existence an-

1. *Scenes of clerical Life, Janet's Repentance,* chap. 15 : « The drowning man, urged by the supreme agony, lives in an instant through all his happy and unhappy past : when the dark flood has fallen like a curtain, memory, in a single moment, sees the drama acted over again. And even in those earlier crises, which are but types of death — when we are cut off abruptly from the life we have known, when we can no longer expect to-morrow to resemble yesterday, and find ourselves by some sudden shock on the confines of the unknown — there is often the same sort of lightning-flash through the dark and unfrequented chambers of memory.

« When Janet sat down shivering in the door-stone, with the door shut upon her past life, and the future black and unshapen before her as the night, the scenes of her childhood, her youth and her painful womanhood, rushed back upon her consciousness, and made one picture with her present desolation. »

térieure. Or, c'est à ce moment précis qu'elle en prend la conscience la plus vive :

Réminiscences les plus insignifiantes et les plus intangibles, incidents relatifs à la vie d'enfance ou aux années d'école, scènes de jeu, querelles enfantines, et les petits faits domestiques de son existence de jeune fille, tout cela se levait comme un essaim autour d'elle, se mêlant aux souvenirs des événements plus graves de sa vie ultérieure... L'échafaud était un point de vue à partir duquel se révélait à Hester Prynne tout le chemin qu'elle avait suivi depuis les jours heureux de la première enfance [1].

Si l'échafaud — avec le cortège de sentiments qui l'accompagne, honte, effroi, désespoir — constitue le point de vue à partir duquel l'existence se révèle, c'est précisément parce que cette existence est mise en cause, et que sa mise en cause provoque une tension de l'être tout entier. Pour Hawthorne, comme pour George Eliot et Egger, celui qui se sent fondamentalement menacé ramasse toutes ses forces, et, dans cette concentration, se dé-

1. *The Scarlet Letter* Works, ed. Riverside Press, t. 5, p. 79 : « Reminiscences, the most trifling and immaterial passages of infancy and school-days, sports, childish quarrels, and the little domestic traits of her maiden years, came swarming back upon her, intermingled with recollections of whatever was gravest in her subsequent life... The scaffold of the pillori was a point of view that revealed to Hester Prynne the entire track along which she had been treading, since her happy infancy. »

œuvre solidaire de toute son existence. Or est-il besoin de dire que cette doctrine est radicalement contredite par Bergson, pour qui le facteur initial du phénomène d'hypermnésie, est le contraire d'une contraction et concentration, puisqu'il est une détente ?

De ce sentiment de détente, néanmoins, il n'est pour ainsi dire jamais fait mention avant Bergson. Ni les psychologues, ni les écrivains n'en ont vu, semble-t-il, l'importance. En voici les seuls exemples que j'aie pu trouver.

Le premier se rencontre dans les *Réminiscences littéraires* de De Quincey. A l'époque des guerres napoléoniennes, De Quincey et le poète Wordsworth habitaient dans une région reculée du Cumberland. Un jour, plus impatients que de coutume d'avoir des nouvelles, les deux amis se portent le long de la route à la rencontre du roulier qui devait apporter les journaux. La voiture se fait attendre. Wordsworth met l'oreille contre terre. Puis il se relève, et, à ce moment, De Quincey qui l'observe, voit son visage changer. Il en demande l'explication à son ami. Voici la réponse de Wordsworth :

Depuis ma plus tendre enfance j'ai remarqué que si, en quelque circonstance que ce soit, l'attention se trouve fortement concentrée sur un acte d'observation soutenue ou d'attente prolongée, à supposer alors que tout à coup cet état intense de vigilance se relâche, en ce moment précis la vue de tout objet ou collection d'objets tombant sous le regard et susceptible de nous impressionner par sa beauté ou de nous inspirer quelque autre émotion, vient bouleverser le cœur avec une force insolite. Il y a un instant, j'avais appuyé l'oreille contre le sol, dans l'espoir d'entendre un bruit de roues... Au moment où je relevais la tête en signe de renonciation finale à mon espoir pour cette nuit, à ce moment même où les organes de l'attention se relâchaient tous ensemble de la tension où ils avaient été, l'étoile scintillante, suspendue dans le ciel au-dessus du noir contour des montagnes, frappa soudain mon regard et pénétra mes facultés avec un pathétique et un sens de l'infini qui ne m'eussent pas retenu en d'autres circonstances [1].

Déclaration merveilleuse du poète, où celui-ci préfigure, jusque dans les termes, la pensée du philosophe. Elle ne concerne pas cependant le thème du souvenir, mais seulement celui de la perception.

Voici le second exemple. L'on se souvient de l'Amiral Beaufort et de la lettre où il décrivait ses émotions de « noyé ». Or l'Amiral insiste sur le fait que sa vision panoramique

1. *Literary Reminiscences*, Boston, 1851, t. I, p. 308-309 : « I have remarked, from my earliest days, that, if under any circumstances, the attention is energetically braced up to an act of steady observation, or of steady expectation, then, if this intense condition of vigilance should suddenly relax, at that moment any beautiful, any impressive visual object, or collection of objects, falling

avait été précédée par un moment de détente ou d'abandon :

A partir du moment où tous mes efforts cessèrent — à cause, je suppose, de la suffocation totale que je subissais — un sentiment de calme, de la sérénité la plus parfaite, vint remplacer en moi le tumulte des sensations antécédentes. On aurait pu l'appeler de l'apathie, mais sûrement pas de la résignation, car me noyer ne me semblait plus alors un mal [1].

Certes, Bergson aurait été ravi s'il avait pu lire ce passage qui rentrait si bien dans ses vues. Il est probable, cependant, qu'il ne l'a pas lu, car Ribot qui était ici son informateur, n'avait pas cru bon de citer en son entier la lettre de l'Amiral. Il reste donc que Bergson n'a vraisemblablement trouvé dans aucun des

upon the eye, is carried to the heart with a power not known under other circumstances. Just now my ear was placed upon the stretch, in order to catch any sound of wheels... At the very instant when I raised my head from the ground, in final abandonment of hope for this night, at the very instant when the organs of attention were all at once relaxing from their tension, the bright star hanging in the air above those outlines of massy blackness, fell suddenly upon my eye, and penetrated my capacity of apprehension with a pathos and a sense of the Infinite, that would not have arrested me under other circumstances. »

1. « From the moment that all exertion ceased — which I imagine was the immediate consequence of complete suffocation — a calm feeling of the most perfect tranquillity superseded the previous tumultuous sensations — it might be called apathy, certainly not resignation, for drowning no longer appeared to be an evil. »

livres qu'il a consultés, l'idée maîtresse de son interprétation du phénomène. C'est par un acte entièrement original de son esprit qu'il a lié l'apparition du souvenir total, non à une tension, à un raidissement, à une suractivité de l'âme, comme la plupart de ses prédécesseurs, mais, au contraire, à un relâchement de la tension habituelle de celle-ci.

II

Maintenant que nous sommes mieux capables d'en apprécier l'originalité, revenons au texte de *Matière et mémoire*. L'explication que Bergson y propose du phénomène d'hypermnésie, repose entièrement sur l'idée qu'il est déterminé, non par une addition, un accroissement, l'apparition de quelque élément nouveau et positif que ce soit, mais, au contraire, par la diminution, voire la disparition ou l'absence de ce qui est habituellement présent et actif dans l'esprit. Et c'est pourtant cette déficience et absence, cet événement tout négatif, qui provoque le jaillissement dans l'esprit de la chose la plus positive qui soit, le souvenir total, c'est-à-dire la saisie du moi par lui-même.

Pour comprendre ce paradoxe essentiellement bergsonien, il faut se rappeler quelle est, pour Bergson, l'attitude habituelle de l'esprit. Cette attitude, Bergson n'a cessé de le répéter, c'est l'attention à la vie. Une conscience pratique, toujours orientée vers l'avenir, s'applique à concentrer son effort sur ce qui transforme incessamment le présent en futur. Du passé elle ne saisit et n'accepte que ce qui peut l'aider à éclairer ce qui est et à préparer ce qui sera. Elle est comme une pointe mobile qui coïncide avec le présent et s'enfonce avec lui vers l'avenir. Etre attentif à la vie, c'est être ce point et cette pointe, maximum de concentration, mais minimum aussi d'espace, resserrement extrême de l'être dans « le petit cercle tracé autour de l'action présente [1] ».

Etre attentif à la vie, c'est donc être attentif au présent, au futur, à l'action, à tout ce qui se découpe devant soi dans le champ prospectif, extraordinairement resserré, du regard; mais c'est aussi, du même coup, bien que Bergson ne le dise pas dans ces termes, être *inattentif* à sa propre vie, si par sa propre vie il faut entendre l'immense champ rétrospectif où se conservent les souvenirs, et que Baudelaire appelait la profondeur de l'existence.

1. *Le Rêve*, *L'Energie spirituelle*, p. 103.

D'où l'image bergsonienne, si souvent reprise, de la pyramide ou du cône renversé, dont le sommet, nettement visible, lieu de l'action, s'insère dans l'avenir, et dont la base, infiniment évasée, lieu du passé et du souvenir, semble disparaître en arrière dans l'indistinction.

L'action ne supprime pas le passé, puisqu'elle l'utilise. Mais cette utilisation est un tri. La quasi-totalité du passé est une richesse inutile et ignorée. Tout ce qu'il y a d'ample et de profond en nous est refoulé au fond de nous et dérobé au regard.

Tout se passe comme si l'acte essentiellement positif de notre vie, celui qui nous fait inventer l'avenir, était en même temps marqué de la négativité la plus grave ; puisqu'il force l'être à se priver de la connaissance de presque toute sa vie antérieure et à vivre ainsi dans la quasi totale ignorance de la réalité positive du moi lui-même.

Ainsi s'explique le paradoxe de la vision des mourants. Puisque c'est l'acte positif de l'attention à la vie qui dénie à l'esprit la conscience de la vastitude et de la richesse de la vie, il faut que ce soit le retournement de cet acte, le changement de cette positivité en négativité, qui permette à l'esprit de reprendre contact avec cette richesse et cette vastitude. La vision des mourants est l'exemple parfait de ce changement de pôle. Elle n'est rien de positif, elle est absence d'action, absence d'intérêt, inattention, négativité pure. Pour se souvenir — profondément, totalement — « il n'y aurait donc rien de positif à faire, mais simplement quelque chose à défaire[1] ». — « Avancer, dit encore Bergson, dans le sens tout négatif du relâchement[2]. »

Dans cette avance, qui est en réalité un recul, puisqu'il est un mouvement rétrograde de la pensée, il y a, comme dans la marche en avant, des zones plus proches et d'autres plus éloignées. Ainsi la distraction, la rêverie, le rêve sont comme les étapes successives d'un long glissement, où l'esprit s'abandonne, sans le sentiment d'une résistance opposée par aucun obstacle. C'est comme si, de lui-même, tout le passé, tout *son* passé, toute sa vie déjà accomplie, se portait à la rencontre de celui qui, ayant renoncé à agir, renonçait, du même coup, à interdire à son passé d'envahir son présent. Dans la certitude de mourir, quand l'homme se convainc qu'il est inutile de prêter encore attention à sa vie présente, il tombe dans un état équivalent à celui de la rêverie la plus profonde : « Un

1. *Lettre à William James,* 25 mars 1903,
2. *L'Évolution créatrice,* p. 228.

être humain qui *rêverait* son existence au lieu de la vivre... » Cet être humain, ce rêveur absolu, c'est le mourant. Désintéressé de toute action, soustrait à l'inhibition que constituaient pour lui les nécessités de la vie présente, il reprend sans effort possession de son passé et de son moi.

Cette reprise de possession est donc l'événement à la fois le plus inattendu et le plus naturel. Le plus naturel, puisque nos souvenirs ne sont jamais perdus, que contrairement à ce que croit Proust, ils nous entourent et ne cessent de vouloir envahir la conscience. Pour les posséder, nous n'avons rien à faire, rien qu'à nous laisser faire. C'est la chose la plus naturelle du monde que de se rappeler, que de tout se rappeler. Et pourtant c'est aussi la chose la plus inattendue, puisque en perdant tout et en nous perdant nous, nous gagnons tout et nous nous gagnons. Le visionnaire qui prend conscience de sa mort, reprend imprévisiblement possession de sa vie. Comme dans la phrase de l'Ecriture, qui tourmentait tellement Gide, celui qui perd sa vie est ici celui qui la reçoit de nouveau. Le temps retrouvé, le moi retrouvé sont pour Bergson l'effet direct d'un détachement, d'une renonciation. Par là sa pensée s'apparente à toutes les doctrines d'abnégation. Cette philosophie de l'action risque de se muer en son contraire, c'est-à-dire en une philosophie de la passivité, en une sorte de quiétisme.

Si la première démarche du sage, en effet, est de se connaître, rien n'est plus nécessaire, semble-t-il que de « tourner le dos à l'action », puisque, loin d'être la sœur du rêve, l'action est le geste même par lequel la vérité se voile et que le visage authentique du moi devient inaccessible au regard.

Assurément tel n'est pas le bergsonisme. Il demeure, en dépit de tout, une doctrine d'action, et non d'inaction et d'abandon. Mais tel est assurément ce qu'on pourrait appeler la tentation du bergsonisme, la tendance que le philosophe veille sans cesse à contre-balancer par son contraire.

Cette tendance, si on l'isolait, si on la détachait arbitrairement de ce qui la compense et la corrige, on pourrait peut-être la résumer de la façon suivante : La vérité est dans la détente de l'esprit, elle est dans le rêve : « Le rêve, dit Bergson, est la vie mentale tout entière, moins l'effort de concentration [1]. » Les rêveurs, les artistes, les contemplatifs sont tous, plus ou moins, comme les mourants, des « visionnaires » désintéressés. Au lieu d'appli-

1. *Le Rêve, l'Énergie spirituelle*, p. 104.

quer au monde et à eux-mêmes l'optique étroite de l'homme d'action, ils « perçoivent les choses (et leur âme) dans leur pureté originelle [1] » ; « ils entrent en communication immédiate avec les choses et avec eux-mêmes [2] ». Si nous étions comme eux, dit en substance Bergson, si nous devenions des êtres absolument désintéressés, « nous entendrions chanter au fond de nos âmes comme une musique quelquefois gaie, plus souvent plaintive, toujours originale, la mélodie ininterrompue de notre vie intérieure [3]. »

Admirable parole, la plus purement bergsonienne de toutes, puisqu'elle exprime ce qu'il y a de plus intime dans le bergsonisme, le thème de la durée pure. Or ce thème précisément apparaît chez Bergson dans la relation la plus étroite avec celui du désintéressement et du rêve. L'un conduit à l'autre. L'un pour exister ou pour se laisser percevoir, dépend de l'autre.

Relisons les lignes célèbres des *Données immédiates* :

La durée toute pure est la forme que prend la succession de nos états de conscience quand notre moi se laisse vivre... *En se rappelant ces états il ne*

1. *Le rire*, p. 158.
2. *Id.*, p. 154.
3. *Id.*

les juxtapose pas à l'état actuel comme un point à un autre point, mais les organise avec lui, comme il arrive quand nous nous rappelons, fondues pour ainsi dire ensemble, les notes d'une mélodie. Ne pourrait-on pas dire que, si ces notes se succèdent, nous les apercevons néanmoins les unes dans les autres, et que leur ensemble est comparable à un être vivant, dont les parties, quoique distinctes, se pénètrent par l'effet même de leur solidarité ? [1]

Pour prolonger ce beau mouvement interrogatif de la phrase bergsonienne, ne pourrait-on pas dire aussi que l'être qui, au sens le plus rigoureux du terme, « se laisse vivre », c'est celui qui renonce à vivre, c'est le mourant ; et qu'ainsi le mourant est de tous les êtres celui qui est le mieux placé pour sentir ses états de conscience se fondre, se pénétrer, devenir comparables au déroulement ininterrompu de la mélodie ? Quand le mourant, comme le dit Bergson, voit « défiler devant lui, en peu de temps, tous les événements oubliés de son histoire, ... dans l'ordre même où ils s'étaient produits », ne faut-il pas comprendre que cet ordre successif est ici perçu à la façon des notes de la mélodie, c'est-à-dire de telle manière qu'ils s'entre-pénètrent et se fondent en se succédant ? L'être qui rêve, et, au plus haut degré, le visionnaire mourant

1. *Essai sur les données immédiates*, p. 76.

« tient sous son regard, dit Bergson, la multitude infinie des détails de son histoire passée ». Or, cette multitude pour parler le langage de Bergson, est-ce une multiplicité numérique, faite d'éléments simplement coexistants et projetés dans une sorte d'espace mental ; ou n'est-ce pas plutôt ce que Bergson, dès les *Données immédiates* [1] dès le compte-rendu du livre de Guyau [2], appelait *multiplicité de pénétration ?*

Telle est maintenant la question qui se pose dans toute son ampleur : la vision des mourants est-elle une fusion indivise ou une pluralité de détails juxtaposés ? Or si nous nous rappelons les différents textes pré-bergsoniens que nous avons considérés, nous trouvons chez eux une réponse unanime. Pour les psychologues comme pour les poètes, pour les associationnistes comme pour les idéalistes romantiques, ce qui apparaît dans l'hypermnésie, c'est toujours une multiplicité nombrée. Ou bien la vision des mourants est décrite comme un dénombrement d'unités eidétiques qui se succèdent (et c'est l'interprétation de Winslow, de Maury, de Ribot) ; ou bien elle se présente comme un panorama, comme

1. *Id.*, p. 66, 69, 91-92, 98.
2. Compte rendu de la *Genèse de l'idée de temps*, de M. Guyau : *Écrits et paroles*, I. p. 81.

une multitude de détails étalés les uns à côté des autres (et c'est l'interprétation de De Quincey, de Beaufort, de Schubert, de Derepas et de bien d'autres). Mais dans un cas comme dans l'autre, il s'agit d'une multiplicité distincte, quantitative, toute différente de cette multiplicité qualitative, où s'entre-pénètrent les états de conscience, et, tout au long de laquelle, pour Bergson, passe de façon ininterrompue le courant de la vie intérieure.

Faut-il donc dire que, pour Bergson, la vision panoramique des mourants est le cas, en quelque sorte privilégié, de ceux qui, en voyant jaillir dans leur esprit le souvenir de la totalité des événements et des sentiments qui constituaient leur vie, en prennent spontanément conscience sous la forme d' « une multiplicité de fusion et de pénétration mutuelle[1] », synonyme de la pure durée ?

Si l'on se reportait tout de suite aux textes postérieurs de Bergson sur la vision panoramique, et en particulier, à la *Perception du changement*, qui est de 1911, il n'y a pas à hésiter, il faudrait donner à cette question une réponse affirmative. Mais nous n'en sommes pas encore là. Nous en sommes à considérer

1. *Essai sur les données immédiates*, p. 124; cf. aussi *Durée et simultanéité*, p. 55 : « multiplicité sans divisibilité et succession sans séparation ».

le Bergson de 1896, le Bergson de *Matière et mémoire*. Or ce premier Bergson semble beaucoup plus hésitant que le Bergson ultérieur, le Bergson de 1911. Il parle assez vaguement d' « une multitude infinie des détails », sans spécifier s'il s'agit d'une multitude de pénétrations ou d'une multitude de juxtapositions. D'autre part, dans toute une série de textes postérieurs à *Matière et mémoire*, mais antérieurs à la *Perception du changement*, Bergson semble laisser entendre que, contrairement à ce qu'il écrivait dans les *Données immédiates*, le désintéressement de l'action n'aboutit pas à l'intuition d'une continuité mélodique, mais, au contraire, au sentiment de la dispersion du détail.

Déjà ce thème, qui est celui de l'éparpillement, apparaît dans *Matière et mémoire*. L'on se souvient de la figure du cône renversé, par laquelle Bergson représente notre vie consciente. En la pointe ou sommet se trouvent concentrés notre activité sensori-motrice, notre attachement au présent et l'insertion de notre attention dans le futur. En la base AB, au contraire, se situe la totalité de notre passé. C'est elle qui se dévoile dans la vision des mourants. Or, dit Bergson, « nous tendons à nous éparpiller en AB à mesure que nous nous détachons davantage de notre état sensoriel et moteur pour vivre de la vie du rêve[1] ».

Tout détachement du présent, tout glissement dans le rêve tend à devenir un éparpillement de l'esprit. Ceci est confirmé par le passage d'une lettre adressée à William James et qui est datée du 25 mars 1903 : « L'unité du moi » dont parlent les philosophes m'apparaît comme l'unité d'une pointe ou d'un sommet en lequel je me rétrécis... Pour passer de cette pointe de la conscience ou de ce sommet à la base, c'est-à-dire à un état où tous les souvenirs du passé seraient éparpillés et distincts, je sens bien qu'il y aurait à passer de l'état normal de concentration à un état de dispersion comme celui de certains rêves. »

Le rêve ne nous entraîne donc plus maintenant vers l'intuition de la continuité de l'existence, il présente celle-ci dans la dissociation et la dispersion des éléments qui la composent, de la même façon que lorsque nous cessons d'écouter avec attention un poème, nous devenons incapables de percevoir

1. *Matière et mémoire*, p. 176-177. Plus tard, dans les *Deux Sources* (p. 230), Bergson rappellera qu'il avait traité précédemment de « la possibilité de suivre à la trace les dilatations successives de la mémoire, depuis le point où elle se resserre... jusqu'au point extrême où elle étale tout entier l'indestructible passé ». Et il ajoutera : « Nous disions métaphoriquement que nous allions ainsi du sommet à la base du cône. »

son unité indivise, les phrases, puis les mots, puis les syllabes se détachent, chaque son revient à son individualité [1].

« Laissons-nous aller, écrit ailleurs Bergson. Au lieu d'agir rêvons. Du même coup notre moi s'éparpille ; notre passé qui jusque-là se ramassait sur lui-même dans l'impulsion indivisible qu'il nous communiquait, se décompose en mille et mille souvenirs qui s'extériorisent les uns par rapport aux autres. Ils renoncent à s'entre-pénétrer à mesure qu'ils se figent davantage. Notre personnalité redescend ainsi dans la direction de l'espace [2]. »

Ce passé « décomposé en mille et mille souvenirs », n'est-ce pas, après tout, celui qu'à la base de lui-même, le mourant voit se déployer ? Ce que Bergson appelle « la multitude infinie des détails de sa vie passée » est une multitude dont chaque unité, dit-il, se manifeste en ce qu'elle a de particulier et même d'individuel. En d'autres termes, chacune montre « par où elle *diffère* des autres et non par où elle leur ressemble [3] ». Si tel est le cas, la vision des mourants est une entité dont les éléments ne peuvent se fondre les uns dans les autres. Ils ne peuvent donc apparaître que

1. Cf. l'*Évolution créatrice*, p. 228.
2. *Id.*, p. 226.
3. *Matière et mémoire*, p. 169.

distincts, séparés et cependant alignés ensemble dans un espace ou ils coexistent ; réalisant ainsi tous les caractères de la multiplicité numérique. Multiplicité numérique qui est le contraire même de l'élan indivisé où les mêmes éléments, mais fondus ensemble, avaient constitué la durée réelle et le vrai passé. De sorte que le rêveur ou le visionnaire qui revoit sa vie la revoit non telle qu'il l'a vécue, mais dans une infinité de fragments disséminés dans son champ de vision.

L'on comprend dès lors pourquoi tous ceux qui ont expérimenté la vision de leur existence antérieure, l'ont décrite, cette existence, non comme une durée, mais comme un panorama, une coextension, une juxtaposition d'éléments, c'est-à-dire un espace. C'est qu'ils voyaient réellement du temps transformé en espace.

Au lieu d'être, comme ils le supposaient, l'intuition d'une durée supérieure et quasi divine, la vision panoramique ne serait donc rien d'autre que la plus basse de toutes les formes du temps ; puisque ce serait du temps spatialisé, figé, du temps presque matérialisé : « L'intuition de notre durée, dit Bergson... nous met en contact avec toute une continuité de durées que nous devons essayer de suivre soit vers le bas, soit vers le haut... Dans le premier cas [qui est celui de la durée la plus impure], nous marchons à une durée de plus en plus éparpillée... A la limite serait le pur homogène, la pure *répétition* par laquelle nous définirions la matérialité [1]. »

Loin de nous conduire à l'intuition de la durée pure, ni même à la saisie de notre continuité existentielle, la mémoire du rêveur et du mourant aboutit à l'éparpillement de ce qu'elle restitue. Elle nous rend notre passé ; mais elle nous le rend en mille morceaux ; comme un collier de perles dont le donateur, au moment d'en faire le présent, romprait le fil.

III

La plupart des textes qui viennent d'être cités, appartiennent aux années 1889-1907, c'est-à-dire à la période qui se situe entre la publication des *Données immédiates* et celle de l'*Evolution créatrice.* Or si nous avons bien compris ces textes, ils se disposent comme d'eux-mêmes en deux groupes opposés : l'un dans lequel le détachement de l'action aboutit à la conscience de la continuité mélodique

1. *Introduction à la métaphysique, La Pensée et le Mouvant* p. 237.

de l'existence, l'autre dans lequel le même détachement conduit à l'inverse de cette continuité, c'est-à-dire la juxtapositoin d'éléments discontinus sur un fond d'espace homogène.

Comment expliquer cette contradiction ; d'autant plus qu'il est impossible de supposer qu'elle ait échappé à l'attention du philosophe, puisque c'est lui, le premier, qui a distingué entre la continuité de la vraie durée et l'alignement des états de conscience dans la fausse durée, c'est-à-dire l'espace ?

On peut inférer qu'il s'agit là d'une difficulté inhérente au fond même de la doctrine bergsonienne. Car, d'une part, cette doctrine exige que pour atteindre à la connaissance profonde de sa vie mentale, l'esprit relâche la tension qui d'ordinaire le confine dans le cercle exigu de son action. Il n'y a pas d'autre chemin pour parvenir à la connaissance de soi. Mais d'autre part, ce relâchement, facteur de connaissance est aussi destructeur de connaissance, puisque toute pensée relâchée se mue aussitôt en une pensée éparpillée. L'esprit détendu, désarmé, incapable d'embrasser tout ce qu'il découvre, laisse échapper de toutes parts ce qui n'a de valeur que s'il est saisi dans sa vivante unité.

De même, il est facile et presque inévitable

d'interpréter la vision panoramique de deux façons opposées : car ou bien le souvenir total qui en remplit les cadres, est intuitivement saisi comme un écho fidèle de la mélodie de l'existence, « phrase unique semée de virgules mais nulle part coupée par des points [1] » ; ou bien il se représente, dans l'éparpillement de l'attention et la retombée de l'esprit, ainsi qu'une « masse de détails [2] » alignés les uns à côté des autres, de façon à former un équivalent spatial de la totalité fluide de l'existence. Tantôt cette vision est un panorama mouvant ; tantôt une durée figée. Ici, elle est une victoire de l'esprit, la saisie intuitive de l'esprit par lui-même ; là, elle est un échec et un travestissement du réel.

Il semble qu'entre ces deux interprétations Bergson ait hésité, penchant tantôt vers l'une et tantôt vers l'autre. Le texte de *Matière et mémoire* reste ambigu, curieusement indéfini, comme si Bergson ne se résolvait pas encore à faire un choix entre les deux solutions possibles. Une étude chronologique du thème du désintéressement chez le philosophe révélerait de la prudence, des réserves et comme une oscillation de la pensée.

1. *L'Énergie spirituelle*, p. 57.
2. Cf. Entretien de Jean de la Harpe avec Bergson, *op. cit.*

Oscillation qui entraîne l'esprit tantôt dans la direction d'une réussite, et tantôt d'une défaite. Dans l'univers bergsonien il y a des rêves réussis et des visions manquées ; il y a des souvenirs dont le jaillissement retrouve le rythme et la force des perceptions anciennes ; et d'autres, dont le surgissement se divise, s'étale et se fige. Mais à mesure que la pensée bergsonienne acquiert plus de maturité, il semble qu'elle se rende plus nettement compte de la large proportion de déchets que comprend la voie facile du rêve. A mesure que cette pensée se précise, s'affermit et prend conscience de toutes ses implications et conséquences, elle s'affirme de plus en plus comme une doctrine d'action, et répudie plus explicitement tout signe de paresse ou de facilité mentale. « Parce que nous appelions l'attention sur la mobilité qui est au fond des choses, on a prétendu que nous encouragions je ne sais quel relâchement de l'esprit [1]. » Marcel Raymond, qui cite ce passage y distingue avec raison une pointe de mauvaise humeur [2]. C'est que le philosophe, à mesure qu'il avance en âge, est de moins en moins disposé à rien sacrifier du côté attentif et volontaire de la pensée. Pourtant il y aurait quelque injus-

1. *La Pensée et le Mouvant*, p. 96.
2. *Génies de France*, p. 225.

tice de sa part à renier l'autre côté, qui est précisément celui d'un certain relâchement de l'esprit.

Entre ces deux côtés, enfin, est-ce qu'aucune conciliation n'est possible ? Si, d'une part, pour échapper à l'éparpillement qui la menace, toute pensée doit nécessairement rester tendue, et si, d'autre part, pour échapper à la raideur et à la constriction, toute pensée doit non moins nécessairement se détendre, n'est-il pas possible de concevoir une pensée qui soit à la fois tendue et détendue, tendue quant à son intention de maintenir sous le regard, sans fléchir, l'ensemble de ce qu'elle pense, et détendue quant à l'objet habituel de cette pensée, qui est l'action immédiate ? Une pensée qui relâche ses liens avec le présent, sans relâcher cependant la force d'attention avec laquelle elle pense ce qu'elle pense, une pensée qui, comme le rêve, se détourne de la vie actuelle, mais qui, à la différence du rêve, persiste dans son rôle attentif de pensée : voilà peut-être la solution, puisqu'une telle pensée, se détendant sans s'éparpiller, accède au sentiment de la continuité de la vie intérieure, sans que par la lâcheté de l'esprit cette continuité soit métamorphosée en son contraire, la juxtaposition du détail.

Or il est certain que c'est à une solution

de ce genre que Bergson s'est arrêté. Déjà en 1903, dans son *Introduction à la Métaphysique*, il l'avait formulée en termes généraux. Le philosophe, y affirmait-il en substance, n'est certes pas celui qui permet à sa pensée de se relâcher. Il est néanmoins celui qui, en la détournant de tout but pratique, en suspend la marche normale ; non pour la livrer à l'épanchement du rêve, mais pour « renverser le sens de l'opération par laquelle il pense habituellement[1] ».

Mais c'est beaucoup plus tard, en 1911, dans sa conférence d'Oxford sur la *Perception du changement*, que Bergson a appliqué de la façon la plus précise cette théorie de la « conversion de l'attention » au thème de la vision panoramique des mourants. Il faut lire ici dans son entier le passage qui en traite. Il est absolument définitif, et, cette fois, sans la moindre ambiguïté :

Une attention à la vie qui serait suffisamment puissante, et suffisamment dégagée de tout intérêt pratique, embrasserait... dans un présent indivisé l'histoire passée tout entière de la personne consciente — non pas comme de l'instantané, non pas comme un ensemble de parties simultanées, mais comme du continuellement présent qui serait aussi du continuellement mouvant : telle, je le répète, la mélodie qu'on perçoit indivisible, et qui consti-

1. *Introduction à la Métaphysique, op. cit.*, p. 213-214.

tue d'un bout à l'autre, si l'on veut étendre le sens du mot, un perpétuel présent, quoique cette perpétuité n'ait rien de commun avec l'immutabilité, ni cette indivisibilité avec l'instantanéité. Il s'agit d'un présent qui dure.

Ce n'est pas là une hypothèse. Il arrive, dans des cas exceptionnels, que l'attention renonce tout à coup à l'intérêt qu'elle prenait à la vie : aussitôt, comme par enchantement, le passé redevient présent. Chez des personnes qui voient surgir devant elles, à l'improviste, la menace d'une mort soudaine, chez l'alpiniste qui glisse au fond d'un précipice, chez des noyés et des pendus, il semble qu'une conversion brusque de l'attention puisse se produire — quelque chose comme un changement d'orientation de la conscience...

Ici point de glissement dans le rêve ni de fléchissement de l'attention. Celle-ci, renversée, invertie, prend possession d'un univers mental qui ne s'éparpille plus. Totale, vivante, mouvante, composée d'une multiplicité d'instants hétérogènes qui s'entre-pénètrent, l'existence se découvre dans son élan indivisible. Et le visionnaire bergsonien qui la contemple, à la différence du penseur intermittent qu'est Proust, ne contemple pas une coexistence d'éléments juxtaposés. Au lieu d'accéder à l'éternité ou de tomber dans la multiplicité numérique, il atteint ineffablement à l'intuition du mouvement qui constitue sa vie intérieure.

NOTES ET RÉFÉRENCES

1. *Du côté de chez Swann*, éd. de la Pléiade, Pl., I, 5.
2. *Contre Sainte-Beuve*, 56.
3. *Id.*, 68.
4. *Du côté de chez Swann*, Pl., I, 9.
5. *A l'ombre des jeunes filles en fleurs*, Pl., I, 500.
6. *Id.*, 717.
7. *Le temps retrouvé*, Pl., III, 874-875.
8. *Id.*
9. *Du côté de chez Swann*, Pl., I, 6.
10. *Id.*, 184.
11. *A l'ombre des jeunes filles en fleurs*, Pl., I, 667.
12. *Du côté de chez Swann*, Pl., I, 115.
13. *La prisonnière*, Pl., III, 249.
14. *Du côté de chez Swann*, Pl., I, 46.
15. Cf. Fernand Gregh : *Mystères*, *Revue Blanche*, 15 septembre 1896, et René de Messières : *Un document sur Proust*, *Romanic Review*, avril 1942. — Le passage essentiel dans Gregh, par rapport au thème de la localisation, est le suivant : « Quand je ne puis faire, comme disent les psychologues, cette *localisation*, quand au mystère de la mémoire s'ajoute celui de l'inconscient, je suis terrassé par trop d'inexplicable, j'ai un éblouissement comme devant une révélation interdite. » — L'on sait que l'expérience de mémoire affective, décrite dans ces pages par Gregh et attribuée dans le texte à un

certain ami V., est très vraisemblablement l'expérience même de Proust, comme l'a montré M. de Messières.

16. *Sodome et Gomorrhe*, Pl., II, 1028-1029.
17. *Id.*
18. *Pastiches et Mélanges*, 249.
19. *Id.*
20. *Du côté de chez Swann*, Pl., I, 218.
21. *Jean Santeuil*, I, 194-195.
22. *Du côté de chez Swann*, Pl., I, 171.
23. *Le côté de Guermantes*, Pl., II, 38.
24. *Sodome et Gomorrhe*, Pl., II, 943.
25. *Du côté de chez Swann*, Pl., I, 100. — Cf. aussi *Du côté de chez Swann*, I, 90 et 537.
26. *A l'ombre des jeunes filles en fleurs*, Pl., I, 729. — La phrase continue de la façon suivante : « ...comme dans certains portraits où des peintres prétendent, sans tricher en rien sur l'observation la plus exacte de la vie actuelle, mais en choisissant pour modèle un *cadre approprié*, pelouse de polo, de golf, champ de courses, pont de yacht, donner un équivalent moderne de ces toiles où les primitifs faisaient *apparaître la figure humaine au premier plan d'un paysage.* »
27. *A l'ombre des jeunes filles en fleurs*, Pl., I, 833.
28. *La prisonnière*, Pl., III, 67.
29. *Id.*, 193.
30. *Le temps retrouvé*, Pl., III, 989.
31. *A Louisa de Mornand*, *Corr.*, V, 149.
32. *Contre Sainte-Beuve*, 84.
33. *Du côté de chez Swann*, Pl., I, 156.
34. *Id.*, 87.
35. *Le côté de Guermantes*, Pl., II, 204.
36. *Id.*, 257.
37. *Contre Sainte-Beuve*, 274.
38. *Jean Santeuil*, II, 336.
39. *Du côté de chez Swann*, Pl., I, 387-388.
40. *Id.*, 116.
41. *Id.*, 185.
42. *Id.*
43. *Jean Santeuil*, II, 317.

44. *A l'ombre des jeunes filles en fleurs*, Pl., 1, 676 : « La baie de Balbec était un *petit univers à part* au milieu du grand, une corbeille de saisons où étaient rassemblés en cercle les jours variés et les mois successifs. »
45. *Id.*, 721.
46. *Du côté de chez Swann*, Pl., I, 43.
47. *Les plaisirs et les jours*, 216.
48. *La fugitive*, Pl., III, 529.
49. *La prisonnière*, Pl., III, 377.
50. *Id.*, 376.
51. *Du côté de chez Swann*, Pl., I, 529.
52. *Id.*, 30.
53. *Id.*, 13. — Marcel aspire au baiser de sa mère « pour une communion de paix où mes lèvres puiseraient sa *présence réelle* et le pouvoir de m'endormir. » — L'expression « présence réelle » se retrouvera dans le passage cité ci-après.
54. *Le côté de Guermantes*, Pl., II, 134.
55. *Sodome et Gomorrhe*, Pl., II, 733.
56. *Jean Santeuil*, I, 80-81.
57. *Les plaisirs et les jours*, 47.
58. *Le temps retrouvé*, Pl., III, 870.
59. *Corr.*
60. *Du côté de chez Swann*, Pl., I, 135.
61. *Jean Santeuil*, II, 43.
62. *Le côté de Guermantes*, Pl., II, 397.
63. *Du côté de chez Swann*, Pl., I, 46.
64. *Pastiches et Mélanges*, 108.
65. Cf. Robert Dreyfus : *Marcel Proust au lycée Condorcet*, *Revue de France*, décembre 1925, 659.
66. *A l'ombre des jeunes filles en fleurs*, Pl., I, 609.
67. *La prisonnière*, III, 20.
68. *Id.*, 100.
69. *La fugitive*, Pl., III, 438.
70. Curtius : *Marcel Proust*, éd. de la Revue nouvelle, 1928, 125.
71. *Id.*
72. *Du côté de chez Swann*, Pl., I, 47-48.
73. *Id.*, 43.

74. *A l'ombre des jeunes filles en fleurs*, Pl., I, 644.
75. *Sodome et Gomorrhe*, Pl., II, 996.
76. *Du côté de chez Swann*, Pl., I, 180.
77. *Id.*, 181.
78. *Id.*, 182.
79. *A l'ombre des jeunes filles en fleurs*, Pl., I, 655.
80. *Interview Elie-Joseph Blois, le Temps*, 12 novembre 1913.
81. *Sodome et Gomorrhe*, Pl., II, 1005.
82. *Id.*, 897.
83. *A l'ombre des jeunes filles en fleurs*, Pl., I, 874.
84. *Contre Sainte-Beuve*, 268.
85. *La prisonnière*, Pl., III, 103.
86. *A l'ombre des jeunes filles en fleurs*, Pl., I, 673.
87. *Le côté de Guermantes*, Pl., II, 364-365. — Il faut lire le commentaire de ce passage dans l'admirable article de Gérard Genette : *Proust palimpseste, Tel Quel*, Hiver 1963, nº 12, pp. 64 sq.
88. *La fugitive*, Pl., III, 544.
89. *La prisonnière*, Pl., III, 69.
90. *Le côté de Guermantes*, Pl., II, 531.
91. *La fugitive*, Pl., III, 544.
92. *Du côté de chez Swann*, Pl., I, 423.
93. *Le côté de Guermantes*, Pl., II, 12.
94. *Du côté de chez Swann*, Pl., I, 389.
95. *Id.*, 390. — Cf. aussi l'article du *Figaro*, *Vacances de Pâques*, du 25 mars 1913 (*Chroniques*, 108), où au lieu du nom de Giotto se trouve celui de Ghirlandajo.
96. *Lettres à R naldo Hahn*, éd. Philippe Kolb, NRF, 74.
97. *Le côté de Guermantes*, Pl., II, 536.
98. *Id.*, 97.
99. *Id.*, 573.
100. *A l'ombre des jeunes filles en fleurs*, Pl., I, 803.
101. *Le temps retrouvé*, Pl., III, 973.
102. *Id.*, 1re éd., t. 2, p. 256. — Cf. aussi I, 186, III, 929, 1031 et 1047.
103. *Jean Santeuil*, III, 126.
104. *Contre Sainte-Beuve*, 285. — La spatialisation du temps chez Proust a été lumineusement démontrée par Ramón

Fernandez (*Messages*, p. 160) : « Proust donne au temps la valeur et les caractères de l'espace, en affirmant que les différentes parties du temps réciproquement s'excluent et demeurent extérieures les unes aux autres... » Cf. aussi Joseph Frank, *Spatial Form in Modern Literature*, *Sewanee Review*, 1945, p. 249 : « By the discontinuous presentation of character, Proust forces the reader to *juxtapose* disparate images of his characters spatially. »

. tels qu'ils ont été publiés dans leur édition originale.
Une collection qui rassemble,
de tous les horizons de la pensée contemporaine,
des ouvrages qui ont fait leurs preuves.

Volumes parus

1. Jean-Paul Sartre : *L'être et le néant.*
2. François Jacob : *La logique du vivant.*
3. Georg Groddeck : *Le livre du Ça.*
4. Maurice Merleau-Ponty : *Phénoménologie de la perception.*
5. Georges Mounin : *Les problèmes théoriques de la traduction.*
6. Jean Starobinski : *J.-J. Rousseau, la transparence et l'obstacle.*
7. Émile Benveniste : *Problèmes de linguistique générale, I.*
8. Raymond Aron : *Les étapes de la pensée sociologique.*
9. Michel Foucault : *Histoire de la folie à l'âge classique.*
10. H.-F. Peters : *Ma sœur, mon épouse.*
11. Lucien Goldmann : *Le Dieu caché.*
12. Jean Baudrillard : *Pour une critique de l'économie politique du signe.*
13. Marthe Robert : *Roman des origines et origines du roman.*
14. Erich Auerbach : *Mimésis.*
15. Georges Friedmann : *La puissance et la sagesse.*
16. Bruno Bettelheim : *Les blessures symboliques.*
17. Robert van Gulik : *La vie sexuelle dans la Chine ancienne.*
18. E. M. Cioran : *Précis de décomposition.*
19. Emmanuel Le Roy Ladurie : *Le territoire de l'historien.*
20. Alfred Métraux : *Le vaudou haïtien.*
21. Bernard Groethuysen : *Origines de l'esprit bourgeois en France.*

22. Marc Soriano : *Les contes de Perrault.*
23. Georges Bataille : *L'expérience intérieure.*
24. Georges Duby : *Guerriers et paysans.*
25. Melanie Klein : *Envie et gratitude.*
26. Robert Antelme : *L'espèce humaine.*
27. Thorstein Veblen : *Théorie de la classe de loisir.*
28. Yvon Belaval : *Leibniz, critique de Descartes.*
29. Karl Jaspers : *Nietzsche.*
30. Géza Róheim : *Psychanalyse et anthropologie.*
31. Oscar Lewis : *Les enfants de Sanchez.*
32. Ronald Syme : *La révolution romaine.*
33. Jean Baudrillard : *Le système des objets.*
34. Gilberto Freyre : *Maîtres et esclaves.*
35. Verrier Elwin : *Maisons des jeunes chez les Muria.*
36. Maurice Merleau-Ponty : *Le visible et l'invisible.*
37. Guy Rosolato : *Essais sur le symbolique.*
38. Jürgen Habermas : *Connaissance et intérêt.*
39. Louis Dumont : *Homo hierarchicus.*
40. D. W. Winnicott : *La consultation thérapeutique et l'enfant.*
41. Soeren Kierkegaard : *Étapes sur le chemin de la vie.*
42. Theodor W. Adorno : *Philosophie de la nouvelle musique.*
43. Claude Lefort : *Éléments d'une critique de la bureaucratie.*
44. Mircea Eliade : *Images et symboles.*
45. Alexandre Kojève : *Introduction à la lecture de Hegel.*
46. Alfred Métraux : *L'île de Pâques.*
47. Émile Benveniste : *Problèmes de linguistique générale, II.*
48. Bernard Groethuysen : *Anthropologie philosophique.*
49. Martin Heidegger : *Introduction à la métaphysique.*
50. Ernest Jones : *Hamlet et Œdipe.*
51. R. D. Laing : *Soi et les autres.*
52. Martin Heidegger : *Essais et conférences.*
53. Paul Schilder : *L'image du corps.*
54. Leo Spitzer : *Études de style.*
55. Martin Heidegger : *Acheminement vers la parole.*

56. Ludwig Binswanger : *Analyse existentielle et psychanalyse freudienne (Discours, parcours et Freud).*
57. Alexandre Koyré : *Études d'histoire de la pensée philosophique.*
58. Raymond Aron : *Introduction à la philosophie de l'histoire.*
59. Alexander Mitscherlich : *Vers la société sans pères.*
60. Karl Löwith : *De Hegel à Nietzsche.*
61. Martin Heidegger : *Kant et le problème de la métaphysique.*
62. Anton Ehrenzweig : *L'ordre caché de l'art.*
63. Sami-Ali : *L'espace imaginaire.*
64. Serge Doubrovsky : *Corneille et la dialectique du héros.*
65. Max Schur : *La mort dans la vie de Freud.*
66. Émile Dermenghem : *Le culte des saints dans l'Islam maghrébin.*
67. Bernard Groethuysen : *Philosophie de la Révolution française,* précédé de *Montesquieu.*
68. Georges Poulet : *L'espace proustien.*
69. Serge Viderman : *La construction de l'espace analytique.*
70. Mikhaïl Bakhtine : *L'œuvre de François Rabelais et la culture populaire au Moyen Âge et sous la Renaissance.*
71. Maurice Merleau-Ponty : *Résumés de cours (Collège de France, 1952-1960).*
72. Albert Thibaudet : *Gustave Flaubert.*
73. Leo Strauss : *De la tyrannie.*
74. Alain : *Système des beaux-arts.*
75. Jean-Paul Sartre : *L'Idiot de la famille, I.*
76. Jean-Paul Sartre : *L'Idiot de la famille, II.*
77. Jean-Paul Sartre : *L'Idiot de la famille, III.*
78. Kurt Goldstein : *La structure de l'organisme.*
79. Martin Heidegger : *Le principe de raison.*
80. Georges Devereux : *Essais d'ethnopsychiatrie générale.*
81. J.-B. Pontalis : *Entre le rêve et la douleur.*
82. Max Horkheimer/Theodor W. Adorno : *La dialectique de la Raison.*
83. Robert Klein : *La forme et l'intelligible.*

84. Michel de M'Uzan : *De l'art à la mort.*
85. Sören Kierkegaard : *Ou bien... Ou bien...*
86. Alfred Einstein : *La musique romantique.*
87. Hugo Friedrich : *Montaigne.*
88. Albert Soboul : *La Révolution française.*
89. Ludwig Wittgenstein : *Remarques philosophiques.*
90. Alain : *Les Dieux* suivi de *Mythes et Fables* et de *Préliminaires à la Mythologie.*
91. Hermann Broch : *Création littéraire et connaissance.*
92. Alexandre Koyré : *Études d'histoire de la pensée scientifique.*
93. Hannah Arendt : *Essai sur la Révolution.*
94. Edmund Husserl : *Idées directrices pour une phénoménologie.*
95. Maurice Leenhardt : *Do Kamo.*
96. Elias Canetti : *Masse et puissance.*
97. René Leibowitz : *Le compositeur et son double (Essais sur l'interprétation musicale).*
98. Jean-Yves Tadié : *Proust et le roman.*
99. E. M. Cioran : *La tentation d'exister.*
100. Martin Heidegger : *Chemins qui ne mènent nulle part.*
101. Lucien Goldmann : *Pour une sociologie du roman.*
102. Georges Bataille : *Théorie de la religion.*
103. Claude Lefort : *Le travail de l'œuvre : Machiavel.*
104. Denise Paulme : *La mère dévorante.*
105. Martin Buber : *Judaïsme.*
106. Alain : *Spinoza.*
107. Françoise Collin : *Maurice Blanchot et la question de l'écriture.*
108. Félicien Marceau : *Balzac et son monde.*
109. Ludwig Wittgenstein : *Tractatus logico-philosophicus,* suivi de *Investigations philosophiques.*
110. Michel Deguy : *La machine matrimoniale ou Marivaux.*
111. Jean-Paul Sartre : *Questions de méthode.*
112. Hannah Arendt : *Vies politiques.*
113. Régis Debray : *Critique de la Raison politique ou L'inconscient religieux.*

114. Jürgen Habermas : *Profils philosophiques et politiques.*
115. Michel de Certeau : *La Fable mystique.*
116. Léonard de Vinci : *Les Carnets, 1.*
117. Léonard de Vinci : *Les Carnets, 2.*
118. Richard Ellmann : *James Joyce, 1.*
119. Richard Ellmann : *James Joyce, 2.*
120. Mikhaïl Bakhtine : *Esthétique et théorie du roman.*
121. Ludwig Wittgenstein : *De la certitude.*
122. Henri Fluchère : *Shakespeare, dramaturge élisabéthain.*
123. Rémy Stricker : *Mozart et ses opéras.*
124. Pierre Boulez : *Penser la musique aujourd'hui.*
125. Michel Leiris : *L'Afrique fantôme.*
126. Maître Eckhart : *Œuvres (Sermons-Traités).*
127. Werner Jaeger : *Paideia (La formation de l'homme grec).*
128. Maud Mannoni : *Le premier rendez-vous avec le psychanalyste.*
129. Alexandre Koyré : *Du monde clos à l'univers infini.*
130. Johan Huizinga : *Homo ludens (Essai sur la fonction sociale du jeu).*
131. Descartes : *Les Passions de l'âme* (précédé de *La Pathétique cartésienne* par Jean-Maurice Monnoyer).
132. Pierre Francastel : *Art et technique aux XIXe et XXe siècles.*
133. Michel Leiris : *Cinq études d'ethnologie.*
134. André Scobeltzine : *L'art féodal et son enjeu social.*
135. Ludwig Wittgenstein : *Le Cahier bleu et le Cahier brun* (suivi de *Ludwig Wittgenstein* par Norman Malcolm).
136. Yves Battistini : *Trois présocratiques (Héraclite, Parménide Empédocle)* (précédé de *Héraclite d'Éphèse* par René Char).

Ouvrage reproduit
par procédé photomécanique
Impression S.E.P.C.
à Saint-Amand (Cher), le 22 novembre 1988.
Dépôt légal : novembre 1988.
Premier dépôt légal : avril 1982.
Numéro d'imprimeur : 2289.

ISBN 2-07-021065-0./Imprimé en France.

44788